U0895533

双语译林
壹力文库
152

〔英国〕威廉·莎士比亚 著
陈才宇 译

莎士比亚十四行诗集

译林出版社

谨将下列之十四行诗

献给唯一的促成者

W. H. 先生

祝他

幸福无疆，并享有

我们不朽的诗人

所许诺的

千古美名。

善意而冒昧的

刊行者

T. T.

1

我们渴望绝美的生命繁殖，
娇艳的玫瑰永远不会凋亡，
但万物成熟后即随时入寂，
唯柔嫩的子嗣将美质承扬。
你只知与自己的美目联姻，
自身做燃料，徒烧你的光彩，
你这是将富饶变成了饥馑，
自身做了仇敌，把自己残害。
如今你是人间别致的装饰，
只有你能召唤烂漫的春光，
你却让自己在蓓蕾中夭折，
温柔的暴徒，在节俭中铺张。
　　请怜悯这世界，别暴殄珍异，
　　莫让天物被你和坟墓吞噬。

2

当四十个冬天将容颜重创，
在你美的田野深挖出沟痕，
眼下万目羡视的青春盛装，
变成褴褛的旧服，不值分文；
若有人问及你的美在哪里，
你少壮时的财宝又在何方，
深陷的眼眶只会向人揭示
毁灭的羞愧和无益的赞扬。
为使你拥有的美享誉千古，
你应该说："我的俊美的后人
因袭于我，将我的遗憾弥补，
我的美质已在承继中重生。"
　　唯如此，返老还童才有可能，
　　一度冷却的血也能再沸腾。

3

请仔细端详你镜中的自己，
如今你应该铸造一个替身，
如果你不打算将自己复制，
那就是欺世，绝人母之天伦！
哪有这般不通情理的娇娘，
会拒绝你耕耘她的处女地？
哪有如此愚昧无知的俊郎，
爱恋着坟墓，甘愿断绝子嗣？
你是令堂的镜子，从你身上，
能召回春光明媚的四月天，
虽有皱纹，但透过年龄之窗，
你黄金般的岁月将会再现。
　　你活着，又不想让世人记起，
　　就独自死吧，让美与你同逝。

4

美的遗产，奢侈铺张的可人，
你为何如此挥霍，不知珍惜；
造化从不赠送，她只知租赁，
她所眷顾的是那慷慨之士。
美的悭吝人，你为何要作践
造化让你转交的一份厚礼？
不图利的债主，你为何暴殄
如许资财，生活却难以为继？
因为你只跟自己洽谈生意，
你在自欺欺人，伤害了自身：
当来日造化让你与世长辞，
你能给后人留下什么账本？
　　未经启用的美随你而入土，
　　启用过的，活着将前缘衍续。

5

一刻刻时辰，以灵巧的工程
打造迷人的凝盼留在眼底，
随后便对美目实施了暴政，
使美变为丑，美质失却附依。
永不歇足的时间引领夏天
进入寒冬，并把它肆意摧毁，
树液被冰霜冻结，茂叶枯干，
美掩在雪中，到处一片衰微。
如果没有夏日提炼的香精
囚徒般被封存在玻璃瓶里，
美的结晶会随美一起消泯，
美将无存，连同对美的记忆。
　　鲜花一经提炼，即使在冬日，
　　丢失的是外表，留存着美质。

6

在香精没有提炼出来之时，
别让冬天的粗手毁损盛夏，
要让玉瓶生香，用美的珍异
富饶沃土，趁那美尚未自杀。
这样做不能称作放贷谋利，
因为它让还债的还得开心：
我是说你应生出另一个你，
或者以一生十，十倍的欢欣。
如有十个儿女仿你的玉颜，
你就比现在增添十倍幸福；
你在后代身上留下了遗产，
即便辞世，那死神又有何惧！
　　别任性了，你如此俊美，不该
　　受制于死神，让蛆虫传宗接代。

7

看，高贵优雅的太阳在东方
抬起火红的头颅，人间万民
都膜拜这初生的万丈光芒，
向这神圣的君主注目致敬。
他像风华正茂的健硕少年
登上高耸入云的险峻山峰；
世人始终仰慕他的美，甘愿
在金色的旅途中为之侍奉。
但他驾着车也会衰老、疲倦，
从最高处跌落，并退出白昼；
那时人的眼睛会转移视线，
向他处将目击的标靶寻求。
　　你如今犹如那当空的丽日，
　　死时无人顾，除非留下后裔。

8

你犹如音乐，为何闻乐悲怀？
甜不与甜对峙，笑乐在笑中，
招你不快之物，你因何而爱？
你因何乐意接受你的哀痛？
如果各种音符配合在一起，
构成和谐，反而让你不快活，
这音符定会对你婉言指斥，
怪你因独身而将职分推脱。
一根弦与另一根，犹如夫妻，
听，它们应和时何等的谐和；
父亲、孩子和母亲，也是如此，
三者合为一体，才唱出好歌。
　　他们无词的歌都异口同声
　　对你唱："独身只会断绝生命。"

9

你因害怕见到寡妇的泪滴
才以独身消耗自己的生命?
哎呀呀，如果你无后而离世，
世界将像未亡人为你哭灵;
丧偶的世界会哀哀地泣诉，
抱怨你没有留下你的形象，
而别的寡妇凭孩子的明目
就能将她的丈夫记得端详。
你看看，浪子在世挥霍金钱，
钱财换主人，世界依然无损;
但美的消费却规定着期限，
你留着不用，就毁在你本人。
　　对自己尚且做可耻的戕害，
　　如此胸襟对他人不会有爱。

10

羞愧呀，你对自己如此漠视，
还谈什么你也爱恋着别人！
不错，爱恋你的人难以数计，
但你不爱别人，这可以肯定；
因为你确实怀有谋杀之心，
肆无忌惮地算计着你自己，
一心想摧毁那美丽的屋顶，
按理，你应尽全力将它修葺。
改变主意吧，我也改变看法：
恨心的居屋哪有爱心舒适！
你待人温雅，表里不该分家，
至少你得对自己多点仁慈。
　　为了我，你就再造一个自身，
　　使美在你或后代身上长存。

11

你即使很快衰竭，与世诀别，
也能很快成长在子孙身上；
青春不在时，你青春的精血
已在另一个自我身上流淌。
有子孙就有智慧、美和富庶，
否则只有愚昧、衰老和腐朽，
如果人人像你，时代就停步，
再过六十年，世界化为乌有。
有些东西，造化本无意储存，
就不妨任其粗陋，无果而逝；
得天独厚者，她便加倍赐恩，
她给你的厚礼，你应该珍惜。
　　造化把你雕琢成她的印章，
　　你应多盖戳，以免绝版消亡。

12

当我计数着时钟报出时间，
看见灿烂的白天沉入暗夜；
当我看见紫罗兰不再娇艳，
乌黑的卷发染上银色霜雪；
曾为牛羊遮挡炎热的树林，
如今不再有绿，已叶落枝枯，
夏日的青翠已扎成一捆捆，
丢在灵车上，像白须的伧夫；
我由此思忖你具有的丽质，
想必也会走进时间的荒丘，
因为甜美之物必然要自弃，
见别人成长，自己匆匆仙游。
　　时间的镰刀无人可以阻挡，
　　你死后，唯子孙能与之对抗。

13

哟，但愿你是你自己！我的爱，
要成为自己，你得活在世上；
你该准备对抗末日的到来，
可爱的仪容得交他人收藏。
只有这样，你租赁所得的美
才不会终结，你可爱的儿孙
将拥有你无比俊秀的体态，
那时你才真正拥有你自身。
谁甘心这华美的屋宇倒塌，
而不想勤勉维护，以便抵抗
冬天狂风暴雨的猛吹乱打
以及死神摧毁一切的凶狂？
　　我的爱，那种人是不肖之徒！
　　你有令尊，你的儿子应有父。

14

我不凭星象决定我的判断，
虽然星象学我也略知粗浅；
我不会预言人间时运灾患，
包括瘟疫、饥荒和季候变迁；
我不会掐算人的分分秒秒，
预测不了何时有雷电风雨；
我不能凭天上出现的征兆，
就妄言帝王们的命运天数。
但我从你的眼睛得到启示，
你那两颗恒星已经在声明：
只要你愿意存储起你自己，
真就将与美结盟，蓬勃而生。
　　否则，我可以这样宣告未来：
　　你一死，真与美将不复存在。

15

有时我这样思量，人间万物
拥有完美的时光极其有限，
世界这座大舞台演出节目
无不受天上星斗暗中调遣；
有时我还看到，人犹如草木，
也受这天体的激励和抑制，
繁茂在青春，随即盛极而枯，
韶华美景最终被记忆摒弃。
我因此想，正是人生的无常
使你在我面前暂现出秀色，
那毁灭一切的时间和衰亡
必然将你的皓日变成暗夜。
　　为了爱你，我要与时间抗争，
　　它夺走你时，我要为你赎身。

16

你为何不用更强硬的措施
跟那嗜血的暴君——时间宣战?
你为何不用比这几行瘦诗
更美妙的手段让自身强健?
你现在处在幸福的山巅上,
许多尚未栽过鲜花的园地
无不乐意将你的花朵培养,
让它们比你的肖像更像你,
如是,生命之线使生命重现。
无论时间之笔或我的秃笔
都描绘不了你外在的美艳
和灵质,使你永活在人眼里。
　　交出你自己,就是自我保存,
　　你须活着,凭巧手绘出生命。

17

如果我极力称颂你的风骨，
将来谁会相信我写下的诗？
天知道，诗是掩埋生命的墓，
它显示不了你一半的蕙质。
如果我赞美你双眸的浏亮，
用清新的诗详述你的优雅，
后人一定会说："诗人在说谎，
天上画笔从不为凡人描画。"
我那些陈旧得发黄的纸张，
像饶舌的老人被后人奚落，
真心话被视作诗人的玄想，
如一首古歌，音调无比做作。
　　如果你有孩子活在那时期，
　　你就双重而活，人间和诗里。

18

我是否可把你与夏天媲美?
你比夏天更可爱亦更温和:
狂风吹落五月艳丽的花蕾,
夏日的赁期总是匆匆而过。
天上的巨眼有时照得太热,
它那金彩的脸庞常被遮挡;
美的事物总不免美颜凋谢,
机缘与自然使美渐次消亡;
但你永恒的夏天永不沉沦,
你拥有的美决不与你分开。
死神不能夸你身陷其阴影,
永恒的诗行使你与时同在。
　　只要人在呼吸,眼睛看得清,
　　这诗便活着,并赋予你生命。

19

饕餮的时间，请去磨钝狮爪，
让大地吞噬她自己的子孙，
从猛虎嘴里拔下它的钢牙，
让长寿的凤凰在血中自焚；
你飞行时，让季节哭笑不得，
捷足的时间，任你为所欲为，
摆布这世界和可爱的过客，
但我要禁止你犯一桩大罪：
别用时辰刀剐我爱人的脸，
别用你的旧笔画什么条纹，
允许他在你那里一成不变，
以便为后人留下美的范本。
　　时间老人，我不怕你的恶行，
　　在诗中，我的爱将永远年轻。

20

你有一张女人脸，造化所描，
你是我挚爱的情男兼情女，
你有女性的温柔，不会取巧，
那是虚伪女人玩弄的玄虚；
你那双眼睛更明亮，更真诚，
美目所触之物都涂了金箔；
你的神采较之万众而优胜，
令男儿羡慕，摄女子之魂魄。
造化原本想把你塑成女身，
但在创造中对你徒生痴迷，
便剥夺我的权利，为你添增
一件东西，它于我一无价值。
　　她创造你，为了让女人陶醉，
　　这爱归我，她们享用那宝贝。

21

我写诗有别于另一位缪斯，
他总是歌吟那些脂粉丽人，
整个天宇都成了她的装饰，
人间一切尤物，为她而铺陈；
他所作的比喻总极其轻浮，
说她就是日月，天地的珍异，
四月的鲜花，以及广袤天幕
所能包容的一切稀世珠玑。
忠于爱的我只会如实描述，
请相信我吧，虽然我的爱人
比不上天上那灿烂的金烛，
但不逊于任何母亲之所生。
　　那样的假话让他去说个够，
　　我无须夸口，因我并不兜售。

22

只要你年轻，保持你的青春，
镜子就不能说我已经苍老；
当我看见时间犁出的深痕，
我才能相信我的死期已到。
那裹着你全身的娇美婀娜，
就是我的心所穿戴的盛装，
我心居你胸中，互换了住所，
如此，怎么能说我比你年长？
我的爱哟，务必看好你自身，
就像我那样为你牵肠挂肚；
你的那颗心，我要尽心看承，
就像保姆将病孩细心照顾。
　　我心一死，你的心必受连累，
　　它已归我所有，你再难收回。

23

好比生疏的演员登上舞台，
因怯场忘记了自己的角色；
又像一头猛兽，正暴跳如雷，
因发威过猛反使心脏衰竭；
我也如此，因缺自信而惶恐，
竟忘了爱情那完美的仪式；
我所负荷的爱情过于沉重，
爱情的力量似乎正在消失。
哦，但愿我这诗卷妙辞滔滔，
无声的陈述者能畅表胸襟，
为爱辩护，并期望得到酬报，
胜过喋喋不休者的好嗓门。
　　哦，读一读沉默的爱写的诗，
　　用眼睛去倾听爱情的睿智。

24

我的一双眼睛充当了画家，
将你的美画在我的心版上；
我的躯体便是镶画的框架，
那透视法是绘画者的专长。
通过画师，我才能领悟画艺，
找到你的真像珍藏在何处：
那肖像就挂在我的心店里，
你闪亮的双眸就是那窗户；
眼睛对眼睛，好处可谓多多：
我的眼睛画出了你的形体，
你的眼睛为我开出了窗豁，
阳光从此能进入，将你窥视。
　　但我的眼睛尚缺一项技能，
　　它只能画所见，不能探心灵。

25

那些受宠幸、吉星高照的人
总爱夸耀他们的高衔虚誉；
我命中注定没有他们幸运，
却意外地得到无价的宏福。
帝王的宠臣们犹如金盏花，
在阳光下开放得艳丽无比，
但只要帝王一皱眉，那荣华
连同他们的骄傲湮没尘泥。
忠勇的战士因善战而著称，
胜仗千回，但只要败阵一次，
便从荣誉簿除名，他的功勋，
一切的劳绩，都将被人忘记。
　　我能爱人并被爱，这是福气，
　　我不朝三暮四，不会被遗弃。

26

我的爱情之主啊，你的美德
值得我对你效忠，尽心尽力，
我因此派出这书写的使者，
为见证忠诚，不为炫耀才智。
忠诚如此强大，我孤陋寡闻，
文笔拙劣，使忠诚不能彰显，
但我仍希望你怀一片善心，
凭赤诚的灵魂收下这诗篇，
直到有星宿引导我的命数，
为我慷慨昭示吉祥的面颜，
并给我褴褛的爱披上华服，
使我配受你那甜美的礼赞。
　　那时我才敢夸口我多么爱你，
　　并接受你的考验，肝脑涂地。

27

由于旅途劳顿，我赶紧上床，
想让疲乏的四肢得到休息，
但是，大脑的旅程随即开航，
力役刚告竣，接着就是心役：
我的思想像热忱的朝圣者，
不惧路途遥远，飞至你身边，
我昏昏欲睡的双眸睁开着，
凝视只有盲人能见的黑暗。
在我的灵魂想象的视野中，
虽肉眼无睹，却有你的倩影，
它像宝石悬在可怕的夜空，
使黑暗变得亮丽，旧颜换新。
　　看吧，我白天劳力，晚上劳神，
　　为你为我，一刻也不得安宁。

28

既然休息的好处已被剥夺，
黑夜压迫着白天，一刻不停，
日日夜夜都在无眠中度过，
让我如何再有愉快的心境？
白天与黑夜，本是天生仇冤，
为了折磨我，居然联手一起，
一个劳我筋骨，一个在抱怨，
说我操劳无益，你我永疏离。
为取悦白天，我说你真璀璨，
蔽日的乌云无损你的恩泽，
我奉承黑夜，当星光变暗淡，
你仍给黑夜涂上一层金色。
　　但白天日日延长我的愁绪，
　　那黑夜也夜夜使悲痛加剧。

29

当我命途多舛并遭人白眼，
我便独自哀悼自己的不幸，
徒劳地诉苦，向聋耳的苍天；
我打量着自己，诅咒着命运，
渴望像别人那样前程无量，
拥有堂堂仪表，或众多知己，
或拥有彼得才华，约翰人望，
但最称心的，最不让人满意。
如此的思索令我颇感自卑，
这时忽然想到你，我的心灵
便像凌晨的云雀冲天而飞，
离开阴沉大地，歌唱在天门。
　　你甜美的爱，就是无价宝藏，
　　有了它，王冠也不值得稀罕。

30

当我传唤昔日旧情的记忆
来赴沉思默想所设的公堂，
我为未曾如愿的往事叹息，
为年华的虚掷而再次悲伤。
久不流泪的眼睛泪流如注，
为悼念知友在长夜中长眠，
为哀思已忘怀的爱情痛苦，
为喟叹许多已消逝的美景。
就这样，我为已逝之悲而悲，
沉痛地计数那一件件旧事，
将追怀过的痛苦再行追怀，
好像旧债未了，得再还一次。
　　但是，只要想到你，我的朋友，
　　损失就已补偿，不复有烦忧。

31

我以为我所爱的都已亡故，
不想它们仍在你心中珍存；
爱与可爱的，都在那里留驻，
包括那些已经去世的友人。
不知有多少圣洁、哀伤的泪
从我眼中被追念的爱偷出，
好像就是死者应得的资费，
如今由你所藏，仅换了储处。
你成了被埋的爱寄存的墓，
那里挂满了亡友的纪念物，
他们已将我的爱移交给你，
如今是你独享着爱的全部。
　　从你身上，我见到他们的影，
　　你是代理，拥有我所有的情。

32

如果我一如所愿，先你而亡，
死神用黄土埋起我的骸骨，
如果你偶尔重读这些诗行——
你已故的知友留下的微著，
请拿它与当代的雄文比较：
尽管每支笔都写得更精彩，
比我幸福的人，诗艺更高超，
但你得保存我的诗，为了爱。
哦，请你为了我这样去思量：
“只要我爱友与时代同呼吸，
他一样能写出华美的诗章，
从而与诗界英才走在一起。
　　如今他已死，诗艺不断精进，
　　我读别人的文，读他的爱心。”

33

在无数明媚的早晨，我看见
威严的太阳向众山峦献媚，
金色的脸亲吻翠绿的草甸，
天上的点金术点红了溪水；
但倏忽间，他让卑贱的云霭
以丑陋的形貌亵渎了圣颜，
使寂寞的人间难睹其神采，
带着羞愧，他只有遁避西山。
我的太阳也如此：某日凌晨，
还以万丈光芒照我的前额，
但好光景仅维持一个时辰，
天上的乌云已将我们分隔。
　　为了爱，我不会因此而言弃，
　　天日易蒙污，人间的也如是。

34

你为何向我承诺天气晴朗，
害得我不带斗篷就出远门，
结果中途被卑贱的云赶上，
任凭毒雾把你的光辉遮掩？
我被雨淋，即便你冲破云层，
晒干我脸上的水珠也无补：
没有人会稀罕这样的药引，
因为它只治外伤，不治心痼。
你的羞愧也难治我的辛悲，
你可以悔恨，但我伤心如故，
冒犯者的忧伤带不来安慰，
只因被犯之痛已铭于肺腑。
　　但你从爱而流的泪是珍珠，
　　它们足以将你的过失尽赎。

35

不必再为你做过的事悲伤，
玫瑰有刺，银泉也会被污浊，
云霭与亏蚀会将日月遮挡，
讨厌的蛀虫在娇蕾中寄寓；
无人不犯错误，包括我自己，
刚才我就借比喻为你护短，
我知错犯错，文饰你的不是，
对你的罪过，给予过分偏袒。
我强词夺理为你开脱罪责，
偏让原告充当你的辩护人，
打了一场起诉自己的官司，
我的爱与恨，在内战中共存，
　　我成了从犯，那可爱的盗贼
　　肆意抢劫我，我却将他追随。

36

我承认，我们必须分成两人，
虽然这爱已融合，化为一体；
唯如此，我身上的斑斑污痕
才能自个承担，不用你助力。
我们这两份爱，只有一颗心，
我们的生活受时运的摆布，
虽然它改变不了爱的纯真，
但能悄悄地偷走爱的欢愉。
我最好从此永不与你交往，
以免我的过失会让你丢脸，
你也不必给我公然的荣光，
除非你甘愿名誉蒙上污点。
　　但不能这样：我们如此相爱，
　　你代表我，我就是你的口碑。

37

正像衰老的父亲喜出望外
看见活泼的孩子奋发有为，
虽然我遭受命运恶意残害，
但你的德与真给我以安慰。
无论美或出身，财富或才智，
或其一，或全部，或比这更多，
都在你身上得到完美显示，
这一切已是我的爱的依托。
从此我不残、不穷、不被轻视，
因为你的形象丰满而充裕，
为这富足，我感到满心欢喜，
我活着，就在你荣耀的一隅。
　　完美的一切，我希望全归你，
　　希望一实现，我十倍的欣喜。

38

怎能说我的缪斯缺乏题材?
你活着，你就将甜美的意趣
注入我的诗行中，别出心裁，
任何凡庸之徒都无法描述。
如果我写下的值得你一看，
应该感谢的人还是你自己：
正是你赋予我创作的灵感；
不知赞美的人，与哑巴无异。
你是第十位缪斯，那前九位
虽能激发诗情，但你强十倍；
拜访你的诗人受你的恩惠，
写出的诗能传之千秋万辈。
　　如果我的微才能取悦时世，
　　那我付出辛劳，你获得赞词。

39

当你是我的一半，那一大半，
我得如何把握歌颂的尺度？
这岂不是自己将自己礼赞？
歌颂你岂不就是自夸自诩？
为这个缘故，我们应该分离，
让我们的爱不再同一名分，
通过分离，我才能将你赞誉，
以便你获得你应得的美称。
分离啊，若非你讨厌的悠闲
用甜美的思想来消磨时光，
并将光阴与思念一起欺骗，
若非你教我如何变单为双，
　　让我在这里赞美那里的你，
　　分离啊，你将造成多大痛苦！

40

爱友啊，我所爱的，你都拿走，
再看看你一共收获了几许；
真正的爱你不可能再拥有，
因为我的爱早已归你所属。
如你因爱我而夺走我的爱，
我怎能谴责你消受的权利？
如果你欺骗自己，任性胡来，
做出违心的事，就应受责斥。
温柔的盗贼，我仍要宽恕你，
尽管你抢劫了我全部财产，
但是爱懂得：爱所犯的罪戾，
比那公然的恨更让人伤感。
　　风流的美啊，诸恶因你而起，
　　但即便恨死我，你我不为敌。

41

有时候，我会离开你的心扉，
你便放荡不羁，做出风流事，
这情有可原，因你年轻貌美，
始终有诱惑紧紧追随着你。
你性情温和，难免讨人欢喜，
你长得英俊，难免惹人爱怜；
当女子向你献媚，哪有男子
如此乖张，居然坐怀不动心？
哎呀，你不该侵占我的位置，
你应申斥美与迷失的青春，
是它们教你学会放浪形迹，
并迫使你违背双重的誓盟：
　　于她，你的美使她朝三暮四，
　　于我，你的美让你有失诚实。

42

你占有她，我并不十分悲戚，
尽管我对她确实一往情深；
我痛心疾首的是她占有你，
爱的丧失才让我五内俱焚。
爱的冒犯者，我为你们开脱：
你爱她，因为她是我的情人，
因为我的缘故，她才背叛我，
并允许我的朋友跟她调情。
失去你，你为我的情人所得，
失去她，她为我的朋友所获，
你们各有所得，我失去两个，
为了我，你们都在折磨着我。
　　但苦中有乐，因为你我同体；
　　甜美的慰藉！我是她的唯一。

43

紧闭双眼，我反能看得清晰，

因白天只看见平凡的场景，

而在睡梦中，我却能看见你，

暗中的光啊，你在暗中照明。

你的影子使黑夜光彩熠熠，

能让闭起的眼睛闪耀金光，

那么，在白天，你皓亮的实体

又如何展示那快活的形象?

既然黑夜中那虚幻的倩影

尚能透过睡眠投射于盲眼，

那么，我何时才能蒙受天恩

在白天亲眼看见你的真颜?

　　不见你，白天于我就是夜空，

　　夜成白天，只要你在我梦中。

44

如果笨重的肉体变成思想，

伤人的距离无法把我阻止：

我会不顾哪怕是万水千山，

一定振翅而飞，赶到你那里。

即便此刻我所立足的地点

远在天涯海角，那又有何妨！

疾飞的思想总是即思即行，

转眼间就穿越群山与海洋。

但我不是那思想，这真要命！

我飞不过相距的遥遥千里，

我只是水和土做成的凡身，

我只能侍候时间，徒劳叹息。

　　笨拙的元素让我一无所有，

　　除了悲伤的泪和无穷的愁。

45

还有两元素，即轻气与净火，
无论在何处，它们都跟随你。
气是我的思，那火是我的欲，
它们若即若离，来去无踪迹。
当这两个轻灵的元素登程，
作为爱的使者前往你那里，
我这由四元素组成的生命
就剩两个，会因忧伤而沉寂；
只有疾飞的使者平安归营，
生命的结构才能重获平衡；
它俩说回就回，在向我报信，
说你身康体健，我不必担心。
　　我听后喜不自胜，但没多久，
　　我又派出它俩，为你而担忧。

46

就为了瓜分探视你的权利，
我的眼睛与心灵发生争战：
眼睛禁止心灵视你的形体，
心灵说眼睛无权把你独占。
心灵争辩说，你居住在心里，
那密室从来不为眼睛开放；
而被告即刻驳回这一辩词，
声言你的美在他那里滋长。
为判决此案，那一大班思想——
心灵的寓公，都参与了陪审；
他们的裁决公允，并无不当，
明眸与柔心共存，各按名分：
　　我的眼睛获得你美的外在，
　　我的心灵享有你内心的爱。

47

我的眼睛和心灵达成协和，
约定相互交替着惠利对方，
一旦眼睛因不见你而挨饿，
或爱的心灵因窒息而悲伤，
眼睛便呈上我爱人的倩影，
邀请心灵来赴画中的宴席；
有时眼睛也做客去见心灵，
一道分享那份爱心的甜思。
就这样，凭你的像和我的爱，
远方的你始终与我在一起，
你走得再远，思想都在追怀，
我永随思想，思想永远随你。
　　如思想入睡，我眼中的肖像
　　会唤醒心灵，让心和眼同欢。

48

出门以前，我不敢懈怠无忧，
总要将各种细软锁进库房，
让它们逃过阴险者的贼手，
以便日后需要时派上用场。
但那些宝贝哪及你的无价，
我的安慰啊，如今的大忧愁！
我最亲的人，我唯一的牵挂，
贼眼都盯着你，想把你盗走。
我没有把你锁进任何箱柜，
只用温柔的胸膛将你围住，
你不在那里，但我感觉你在，
你可以即兴而来，即兴而去。
　　在那里，我仍担心你会被盗，
　　你太珍贵，连君子也不可靠。

49

我担心这样的日子会来临：
那时，你对我的缺陷皱眉头，
你的爱将最后一笔账结清，
经过深思，你断然与我分手。
那时，你和我变成了陌路人，
你的眼睛，不复太阳般灿烂，
爱已蜕变，再不见先前光景，
你冷眼待我，理由何其充赡。
那时，我自惭形秽，无地自容，
深知这一切都是自作自受；
我举起手，向自己提起诉讼，
并为你辩护，支持你的理由。
　　你为何爱我，我找不出依据，
　　因此，法律允许你将我抛弃。

50

旅途中，我的内心何其愁苦，
我渴望疲惫之旅早日终止，
但歇脚时，应得的安宁声诉：
“你与朋友的距离又增数里。”
胯下坐骑，也因惆怅而萎靡，
它缓缓而行，载着我的伤感，
可怜的畜生似从天性得知，
骑手担心越快离朋友越远。
沾血的马刺无法催马飞奔，
一怒之下，我猛刺它的腹肌，
马儿报以一声低沉的呻吟，
它受了伤，但我比它更悲戚。
　　因为这一声呻吟向我启示：
　　前方是痛苦，欢乐已成过去。

51

我已渐走渐远，但是为了爱，
仍宽恕了马驹步履的迟缓，
既然背了道，速度岂能加快？
如要催马扬鞭，就得往回赶。
那时，极速在我眼里是龟行，
可怜的畜生，我岂容它怠惰！
它就是乘了风，我也要加鞭，
它长了翅膀，我不会有感觉！
马儿不能与我的欲望争胜，
因为欲望由纯洁的美滋养，
它一旦嘶鸣，能让万马惊魂，
但爱为了爱，且将驽马原谅。
　　背道时，我的马曾有意磨蹭，
　　让它慢行吧，我要朝你狂奔。

52

我像个富翁，有一把宝钥匙，
可用它来打开锁着的宝藏；
我不会时时日日将它开启，
怕的是迟钝了享乐的锋芒。
同理，盛大的节日也不多见，
漫长的一年中只有三两次，
就像珍贵的宝石少有镶嵌，
项链上的珠宝排列得稀疏。
时间是我的宝库，珍藏着你，
或者像衣橱，藏着锦缎华服，
囚禁的荣耀一旦适时开释，
那一刻便是你特殊的幸福。
　　你有福，因为你的美德无限，
　　见到你，我狂喜；不见时，思念。

53

究竟是什么材料造就了你?
为何千万个影子与你同形?
一个人通常只有一个形体,
偏你一人出租千万个倩影。
摹绘阿多尼斯吧,那幅赝品
充其量是对你拙劣的模仿;
当一切画技用来描绘海伦,
那张脸又是你,着希腊衣装。
说起一年中春和秋的美景,
前者彰显出你外表的风采,
后者记录下你德操的丰盈;
我们知道:你的美无处不在。
　　一切外表的美有你的一份,
　　如论内在,唯有你一片赤诚。

54

啊，如果有真作为美的装饰，
那么，美一定显得更具光辉！
玫瑰是美的，但我们还觉得
更美的是蕴含其中的香味。
若论颜色，那无香的野蔷薇
与芬芳的玫瑰花并无二致，
当夏日的暖风吹开了蓓蕾，
它也枝头高挂，也玩得肆意；
但外表的美已是它的全部，
它活着，无人问津，无人爱怜，
直至死灭。但玫瑰不是如此：
它即便死了，还提炼出香精。
　　你也如此，我可爱的美少年：
　　当美消亡，你的真由诗提炼。

55

大理石和王侯镀金的碑碣，
论寿命都无法与这诗相比，
你就活在诗行里，光芒四射，
碑碣则被尘封，被时间污蚀。
毁灭性的战争将塑像推倒，
暴乱把高楼大厦连根拔起，
但战神的剑和战火，抹不掉
你镂刻在人们心头的记忆。
那时你昂首向前，藐视死神，
拒绝遗忘和它的目空一切；
后代子孙称颂着你的美名，
直至千秋万代，世界的终结。
　　直至末日审判你复活之时，
　　你都活在这诗中，恋人眼里。

56

甜美的爱啊，重聚你的威力！
你的锋芒不应比食欲迟钝；
食欲满足时，也只安静一时，
隔日又胃口大开，来势更猛。
你也该如此，你饥渴的眼睛
即便今天饱食后昏昏欲睡，
明天得继续巡视，爱的精神
不该被那永恒的萎靡摧毁。
让这不幸的间歇就像大海，
海岸将它分开，新婚的情侣，
每天来到岸上，见爱已归来，
心头必将涌动百倍的欢愉。
　　也可称间歇为多愁的冬季，
　　它让夏天更受欢迎，更瑰奇。

57

我是你的奴隶，我能做什么，
除了时时刻刻听你的吩咐？
我没有宝贵的时间可消磨，
除了供你驱使，我无事可做。
君主啊，我为你守望着时间，
却不敢斥责它的无尽无止，
当你对你的仆人说了再见，
更不敢思量那别离的凄楚。
我妒忌心重，但我没有胆量
问你去了何处，做什么事情，
我这可怜虫只能冥思遐想：
你让你周围的人多么开心。
　　爱真是傻瓜，只知道服从你，
　　无论做什么，不说你的不是。

58

天神当初就指定我做奴隶，
并禁止我限制你享受欢乐，
他不让我计较你如何度日：
既是奴隶，我只配听你发落。
噢，让我在你的支配下忍受
被囚的孤独，任你活得自在；
我有这耐心，你尽可骂个够，
我绝不抱怨，说你把我伤害。
你去哪里都行，你有此权利，
完全可以凭意志安排时间，
做任何事情，无人能责怪你，
你所犯的罪，你自己能赦免。
　　等待是地狱，但我仍要等待，
　　我不谴责你享乐，无论好歹。

59

如果世上的万物一如既往，
别无新意，那我们已经上当：
我们用尽心思，本想有所创，
生下的婴儿早已活在世上！
哟，但愿这历史能转身回望，
追溯太阳五百年前的轨迹，
并在古籍中显示你的形象，
说说思想如何见于文字，
从而让我知道：古代的人们
如何描述你——这世界的奇观：
他们谁更好，今人还是古人？
世界是革新，还是一味循环？
　　哟，我断言，古代的英才贤士
　　赞美过的人，没一个比得上你。

60

就像撞击卵石海滩的浪涛，
我们的光阴急急奔向终点，
后一秒钟总要替代前一秒，
时光就在互相倾轧中向前。
初生的婴儿一旦见到阳光，
便缓缓走向成熟，到达峰顶，
这以后晦运便跟荣耀开仗，
时间也捣毁了送出的礼品。
时间将刺穿那青春的华饰，
在美人的额头犁出了沟槽，
自然的奇珍异宝都被蚕食，
万物逃不脱他收割的镰刀。
　　但我的诗有望与时间同寿，
　　它称颂你的美，无视其毒手。

61

你是否有意派出你的倩影
造访长夜中我沉重的眼皮？
你是否存心骚扰我的安寝，
让你的幻影嘲弄我的视力？
抑或是你的魂灵不辞遥远
从家乡赶来，监视我的行止，
只为迎合忌妒的险恶用心，
好刺探我的闲暇，让我蒙耻？
噢，不，你的爱没有如此深沉，
使我长夜无眠的是我自身！
是我的真让我合不上眼睛，
为了你，我甘愿做守夜人。
　　我为你守夜，你在别处求欢，
　　我离你很远，别人在你身边。

62

自恋的罪愆占据我的双眸，
迷住我的心窍和整个身心，
这沉疴深重，已经无药可救，
因为它在我心中深深扎根。
我觉得我的脸蛋可爱无比，
形态最端庄，品德也最高尚，
我如此合计着自身的价值，
总觉得别的人都比我不上。
但镜子却显示出我的容颜：
苍老、憔悴，满脸密布着皱纹，
自恋的结果正好走向反面，
自恋自爱让我变成了罪人。
　　我赞美你，就是赞美我自身，
　　你的美可以掩饰我的年龄。

63

我担心爱友会像我现在这般
被时间的毒手肆意折磨、毁损；
那时，岁月会将他的血抽干，
使他的额头布满斑斑皱纹，
青春之晨踏进暮年的险夜，
一切的爱，今天奉他为圣君，
那时都将隐退，或渐次凋谢，
春天的宝藏从此丧失殆尽。
为防不测，我应该加固工事，
以防御岁月那无情的戕害，
纵然他能置我爱友于死地，
却砍不去爱友遗世的丰采。
　　他的美就在这诗行里纷呈，
　　这诗长在，诗中人也将长青。

64

当我看见时间的毒手毁弃
往古时代创建的丰功伟绩，
高楼大厦被一一夷为平地，
不朽的青铜在浩劫中销蚀；
当我看见建在海滨的王国，
被那饥饿的狂涛巨浪吞占，
坚实的土地又将水域强夺，
真可谓世事无常，沧海桑田！
我看见了盛衰的不断反复，
看见了壮丽如何走向腐朽，
断垣残壁教我这样去思索：
时间最终会将我的爱夺走。
　　死一般的惶恐，但别无选择，
　　我因得而悲，只怕一旦失却。

65

既然金石、土地、无际的海洋
无一不臣服于恐怖的死神，
美的活力也不比鲜花更强，
那么，美又如何与强暴抗争？
哟，既然岩石并非坚不可摧，
时间能将牢固的钢门腐蚀，
那夏日的芬芳又如何应对
岁月来势汹汹的追杀围击？
啊，可怕的沉思！时间的珍异
怎能躲避开那时间的宝箱？
哪只巨手能拖住它的飞驰？
谁来制止它对美艳的摧残？
　　谁都不能！唯奇迹有此神力
　　能叫我的爱闪耀在笔墨里。

66

厌倦了一切，我想一死了之：
我看见才德者注定做乞丐，
庸碌之辈装扮得堂皇富丽，
真诚的盟誓尽被恶意破坏，
闪光的荣耀授予凡庸俗士，
少女的贞操惨遭暴徒玷污，
完美的正义无端被人轻视，
四肢健全者受跛足者摆布，
艺术被权贵管得结舌无声，
愚昧冒充博学，压制着才智，
淳朴的真理遭诋毁，被看轻，
善成了俘虏，被迫侍候恶主。
　　厌倦了这一切，我想到了死，
　　只怕我的爱友那时太孤寂。

67

啊，他怎么生活在这污浊里，
为那些邪恶之徒添彩增光？
罪恶利用他，在占他的便宜，
歹人结交他，为把丑恶伪装。
画师为什么模仿他的容颜，
从鲜活的色彩中偷取呆滞？
他才是真玫瑰，可怜的俊男
为什么绕道追寻它的影子？
造化已破产，正为贫血所困，
那他为什么仍活在人世间？
只因除了他，她已不名一文，
昔日的财主，再无别的财产。
　　啊，她收藏着他，为的是见证：
　　这污浊的世界，有过好风景。

68

他的脸是地图，绘出了古代，
美如花朵，在那里生长、萎枯，
那时，美的私生子未出娘胎，
更别说在活人头顶上安居；
死人头上那一簇簇金卷发，
也没被人剪下，没有被移植，
任它享受二次生命的光华：
坟墓的利益，没有重现天日。
但在他脸上，无须半点装饰，
就已显示出古代，切切真真，
他的夏，不依赖别人的绿色，
他的美，用不着再掠夺死人。
　　造化收藏他，想叫他当地图，
　　好让人认清真美，缅怀过去。

69

你天生丽质，世人有目共睹，
尽善尽美的容颜无可非议，
每个人都给你应有的赞许，
说出了实情，仇人也会同意。
你的外表赢得表面的颂扬，
然而，同是这些奉承你的人
会窥视眼睛看不见的地方，
用恶言将先前的赞美否定。
他们留意审察你内心的美，
凭猜度衡量你的所作所为，
目光虽然温和，心胸却狭隘，
硬要给你这香花泼上污秽。
　　为什么你的香与色不相配？
　　问题是：你活在世俗的氛围。

70

你受人责备，并非你的过失，
美艳向来就是诽谤的标靶，
世人的猜忌，是美人的装饰，
一如碧空中有飞翔的乌鸦。
只要拥有善，诽谤只能证明
你更其高尚，更被世人珍惜，
因为恶虫都在蓓蕾里寄生，
纯洁无瑕的你，也正值花季。
你已安全避过青春的伏击，
没有受伤害，或已得胜而归：
不过，这样的赞美于你无益，
因为它堵不住嫉妒的大嘴。
　　如没有猜忌蒙蔽你的美貌，
　　被你独占的心国该有多少！

71

请不要伤心，当你听见丧钟
为我而悲鸣，通告这个世界：
我已离开这片恶浊的苍穹，
与那更其可恶的蛆虫同穴。
当你读到这里的诗，别缅怀
写作它的手，因为我深爱你，
假如思念会招致你的悲哀，
我宁愿你把我整个儿忘记！
啊，我是说，当你读到这诗篇，
那时我已腐朽，已化作尘泥，
请你千万别把我的名叨念，
让你的爱与我的生命同殪！
　　我担心世人探究你的悲痛，
　　我死后，会利用我将你嘲讽。

72

啊，把我忘了吧，我的爱友，
我怕世人追问：我何德何才
让你依然爱着我——在我死后？
你无法证明我的蕙质何在，
除非你编造出善意的谎言，
对我的好处加以胡捧瞎吹，
给予你的亡友过分的夸赞，
远远超出事实许可的范围。
啊，我怕人家会说你不真诚，
因为你把我赞美，言过其实；
愿我的名与身同埋一个坟，
免得这名活着，让你我蒙耻。
　　我为自己写的诗而感汗颜，
　　你爱不该爱的人，也该羞惭。

73

你从我身上能见到这秋色：
枯黄的树叶只剩寥寥数片，
顶着寒风，在枝头抖抖瑟瑟，
鸟儿的唱诗班已一片寂然。
你从我身上能见到这黄昏：
夕阳已经沉入西边的天际，
黑夜——死亡的化身随即降临，
将万物一一封存，归于沉寂。
你从我身上能见到这火光：
它就躺卧在青春的灰烬上，
已经奄奄一息，苟喘于灵床，
必将与它的燃料一起消亡。
　　认清这一切，你的爱更坚定，
　　你会更爱不久人世的爱人。

74

当那凶残的狱吏将我带走，
且保释无望，但你仍可心安：
我的生命已在这诗中保留，
作为纪念物，永留在你身边。
你将看到——只要你重读这诗，
我向你献出的是我的灵魂。
泥土得到泥土，乃天经地义，
我占有精神，那最美的部分。
你失去的只是生命的渣滓——
蛆虫的猎物，我已死的肉体，
恶徒屠刀征服的懦弱竖子，
它太低贱，不值得你去铭记。
　　身之所值，全在于它的内涵，
　　这内涵就是诗，与你长相伴。

75

我的思想需要你，犹如生命
需要食物，旱地渴望及时雨，
你带给我安宁，但我又担心，
就像一个守财奴害怕露富：
他有时因富有而托大高傲，
有时担忧衰老会盗走宝藏；
刚才还觉得与你独处最好，
旋即又想在世人面前张扬；
不久前还饱餐了你的秀色，
过一会又想看，饥饿得发慌；
除了从你那里获得的欢乐，
我别无所求，再无其他念想。
　　我的生活就这样饥饱无常，
　　要么享盛宴，要么辘辘饥肠。

76

我的诗为何缺乏新鲜花样？
为何如此呆板，缺乏新变化？
我为何不求时尚，不去模仿
新的诗律，以及奇异的文法？
我为何总是写得千篇一体，
总是让创造披上旧的衣装，
每个字都将我的姓名昭示，
说出了此字的出身和去向？
哟，爱人啊，要知道我在写你，
我的主题始终是你和爱情，
我要努力从旧词写出新意，
我要让过去的事一再翻新。
　　就像太阳每天都新旧交替，
　　同理，我的爱总是旧情重提。

77

镜子告诉你，你的美在凋零，
日晷显示，你的光阴已虚度，
张张白纸将承载你的心灵，
这记事册将为你留下训谕。
镜子将如实照出你的皱纹，
提醒你别忘记张口的坟墓；
凭日晷缓缓移动着的阴影，
你该懂得：时间正走向亘古。
只要你将记忆未及的东西
托付给这些白纸，你将发现：
你的大脑养育出来的子嗣
将结交你的心灵，成为良伴。
　　如果你勤勉于这样的职守，
　　你将受益，并使这册子富有。

78

我常常召唤你做我的缪斯，
在我的诗里得到你的惠顾，
别的文人也从我获得启示，
受你的庇护发表他的诗赋。
你的眼能教哑巴放声高唱，
能让笨拙的愚顽飞翔天空，
你用羽毛装饰学人的翅膀，
赋予温良雅士双倍的雍容。
请为我而自豪吧，我写的诗
全凭你的感召，为你而抒发；
别人的作品，你只在意润饰，
给他们的诗艺附染些优雅；
　　但你是我的全部，我的愚钝
　　经过你的点拨，升华为学问。

79

先前，都是我单独向你求助，
我的诗因此独得你的恩惠；
但优雅的诗句如今已陈腐，
我的缪斯病倒了，只好让位；
我承认，你这个可爱的主题
值得更有文采的笔来描述，
但不管这诗人如何赞美你，
他都是掠夺你后奉还原物。
他向你出租德，这德就源于
你自己的品行；他送给你美，
美就在你脸上；没有你所赋，
他便不具备歌颂你的诗才。
　　既然他给的原是你的东西，
　　你就不必为此而表示谢意。

80

多懊丧啊，当我写诗赞美你，
却得知有高手借重你的名，
不遗余力地为你编撰颂词，
好让我从此只能搁笔噤声！
但你浩荡的美德犹如海洋，
无论小舟巨舰，你一概承载，
我这条小舢，虽微寒而鲁莽，
也能现身于碧水，自由自在。
你的浅水滩就能让我漂流，
而他得航行在无底的深渊；
倾覆时，我所失仅一叶小舟，
而他损失的是高桅和巨帆。
　　如他春风得意，而我被遗忘，
　　最坏的结果是：爱使我灭亡。

81

要么我活着写你的墓志铭，
要么你活着，我在地下腐烂，
虽然我被遗忘得一干二净，
死神无碍世人对你的怀念。
你的名字享受永恒的生命，
而我，一旦死去，就永离人寰；
大地给予我的是一座荒坟，
你却在世人的眼睛中长眠。
你的纪念碑就是我的诗词，
专供未来的眼睛细细观瞻，
即便现今活着的人全去世，
后来者仍将传诵你的华诞。
　　你将永生——我的笔有此神力，
　　让你活在人的气息和嘴里。

82

我承认，你未联姻我的缪斯，
因此，你有足够的理由惠顾
别的作家为你写下的献诗：
你是诗的主题，你理应垂睹。
你有与容貌相比美的学养，
发现我欠缺颂扬你的才力，
只好找寻时尚者粉墨登场，
让他们为你刻下新的表记。
这样也行，我的爱，但请留意：
他们只讲究修辞，笔调浮夸；
你的真美只在真话中显示，
朋友能说真话，它朴实无华。
　　只有贫血者才需艳抹浓妆，
　　他们如此装扮你，有失允当。

83

我从不觉得你需敷粉画眉，
因此对你的美貌不再装点；
我发现——心想已发现——你的美
远远超过诗人空泛的谀言，
我故而惰怠了对你的推许，
就因你自己是最好的证明：
普通的羽管笔不足以描述
体现在你身上的美德高行。
你将沉默当作我犯下的罪，
其实，这沉默正是我的荣誉，
因为不开口，我无损你的美，
给你生命，其实是给你坟墓。
　　比起两位诗人刻意的颂扬，
　　你眼里有着更多生命之光。

84

谁歌颂得更好？怎样的颂辞
能比这更有意义："你就是你"？
有谁具有如此丰赡的美质
能与你一比高低，相匹相敌？
歌颂某人，却不能为之增光，
这样的秃笔实在有些寒碜；
但"你就是你"，这话写进文章，
秃笔变妙手，败笔也成美文。
让他去抄袭你身上的文句，
造化的作品不容随意糟蹋，
如此效仿将使他闻名卓著，
他的诗将被传诵，名满天下。
　　你给华美的祝福带来诅咒：
　　赞美如不讲分寸，便是荒谬。

85

我的缪斯有礼貌，缄口无语，
其他的诗人无不搜索枯肠
用尽华美的词语将你赞许，
他们的缪斯都在一旁帮腔。
我有好思想，他们有好言词；
生花的妙笔写出篇篇颂文
闪耀着金光，而我像傻牧师，
只懂得附和，一口一个“阿门！”
见别人称赞你，我连连称是，
并不断为你喝彩，为你叫好——
但这都是我的思想，它爱你，
虽然言之为迟，思之却最早。
　　对别人，请留意他们的言辞，
　　对于我，得审察无言的沉思。

86

他的诗篇是否扬起了满帆
要去掠劫你这座稀世宝藏，
以致我的思想在脑中流产，
它的子宫反而变成了坟场？
抑或他的灵府受精灵教授，
欲创神品，故而置我于死地？
不，他和他那班夜间的助手
都不能将我的诗吓成呆滞。
他，加上那位出没于黑夜，
用智慧误导他的多事精灵，
都不是致我沉默的胜利者；
我缄口无语，决非出于受惊。
　　然而，当你的美做他的诗神，
　　我便无言以对，且一蹶不振。

87

再见！你太珍贵，我不配拥有，
你好像也知道自己的价值；
你有特权，可随意与我分手，
我们间的盟约，就至此终止。
我得到你，怎能不经你首肯？
我何才何能，获取这笔资产？
这份礼，我没有享受的福分，
只能选择放弃，将原物奉还。
你爱过我，因你未认识自身，
或者认错了人，才将爱送出；
这份厚礼就在误会中生成，
如今明断是非，终于归原主。
　　我曾经拥有你，就像一场梦，
　　我在梦中称王，醒来一场空。

88

如果有一天你想将我轻视，
让我蒙受世人的嘲讽、诽谤，
我一定支持你，打击我自己，
证明你有德，无视你的背叛。
我有哪些弱点，自己最清楚，
为了你，我要坦陈我的人生，
将不名誉的过失一一披露，
让你因失去我而声名倍增。
我这样做，于自己也有所得：
既然我把爱全倾注你身上，
我对自己的伤害，即意味着
你获得利益，同时我也沾光。
　　我深爱着你，就完全属于你，
　　为了你，我要承揽一切过失。

89

若说你离弃我，因我的罪尤，
我愿意将此事交代个清楚；
说我跛足，我即刻瘸着行走，
你提出的理由，我决不辩护。
我的爱啊，我明白你的用心：
为变故找托词，你将我羞辱，
此情难堪，不如我自辱其身！
从今往后，你我将形同陌路，
你去过的地方，我不会再去，
你甜美的名字，不再挂嘴边，
怕的是说多了会对它不利，
无意间泄露了我们的旧情。
　　为了你，我发誓向自己开战，
　　你厌恨的人，都是我的敌顽。

90

你若仇恨我，现在就可发泄，
趁世人巴不得我事业受挫，
你可以串通厄运，趁火打劫，
用不着等待那灭顶的灾祸。
啊，别等我的心摆脱了忧郁，
你再在愈合的旧疤上肆虐；
别让狂风夜紧跟黎明的雨，
到最后才给我致命的摧折。
你想遗弃我，不必等到最后，
别让那小悲小戚发难在先，
我宁可顷刻间就大难临头，
一开始就将厄运滋味尝遍。
　　其他痛苦——现在的痛苦即是——
　　与失去你相比，都不值一提。

91

有些人爱炫耀门第或技艺，
有些人好夸示财富或身躯，
也有人不顾款式，吹嘘新衣，
更有人得意于鹰犬或马驹。
每一性情都有各自的乐趣，
百乐之中，又有各自的最爱。
但这都不是我心中的金曲，
唯有一种欢乐，我独钟于怀，
那就是你的爱，在我的眼里，
它胜过门第、财富，贵过锦绣，
比鹰犬和骏马更让我欢喜，
有了你，人间至宝为我拥有。
　　唯一担忧的是，它被你取走，
　　那时我最穷酸，苦难无尽头。

92

你尽可以发狠心悄然溜走，
我的生命原本就取决于你，
没有爱，它无法在人间滞留，
它全凭爱而生存，由爱维系。
既然你的冷漠能夺我性命，
我就无须畏惧严厉的一击；
我知道，死恰恰是一个佳境，
胜过看你的脸色苟活人世。
我的生命如因背叛而幻灭，
就无须苦恼你的反复无常；
啊，这是何等幸福的境地：
幸福地拥有爱，幸福地死亡！
　　但不惧污损的完美在哪里？
　　也许你已变心，我一概不知。

93

我可继续活着，权当你忠诚，
就像一个受骗上当的丈夫；
你虽已变心，脸上假装多情，
眼睛盯着我，心却游离别处。
你的眼里没有怨恨的表示，
我因此觉察不出你的背叛；
变节之徒通常藏不住秘密，
凭情绪、皱纹，真情即可尽览。
但上天创造你时另定规范：
许你永远留住甜美的笑容，
不管有什么心事，什么欲望，
你脸上始终那般春光融融。
　　由于你内心与外表不谐和，
　　你的美貌可比夏娃的苹果。

94

有些人能害人，但不去害人，
得心应手的事，他们偏不做；
感化别人，自己磐石般坚定，
沉稳、冷峻，从不轻易受诱惑。
他们真正得到上天的隆恩，
知道节俭享用造化的厚礼，
他们是自己的容貌的主人；
其他人只配做才德的奴隶。
夏日的鲜花向着太阳争艳，
它的一枯一荣，全凭着天意，
一旦这鲜花遭受恶疾感染，
最低贱的野草也比它优异。
　　不端的行为，让香花也变臭，
　　腐烂的百合花，比野草更丑。

95

你将耻辱装扮得楚楚动人，
让它像玫瑰花中一条尺蠖，
蹂躏你寓于蓓蕾中的美名！
咳，你用何等香料粉饰罪过？
你的那条谈论人生的舌头
津津乐道偷香窃玉的游戏，
应受谴责的，你却赞不绝口，
提起你的名，噩耗也成喜事。
哟，罪恶选中你作为栖息地，
它们的寝宫何其富丽堂皇：
美的面纱盖住所有的污迹，
凡肉眼所及，都闪耀着金光！
　　亲爱的，此等特权你得小心；
　　再好的刀，用不当也会卷刃。

96

有人说你放荡，过错在年轻，
有人说你浪漫，年轻是优点，
无论优点缺点，都见爱于人，
你给常犯的过错镶上金边。
最贱的宝石也会倍增价值，
只要它戴在皇后的手指上；
那些出现在你身上的过失，
也这样由假变真，受到颂扬。
如果恶狼穿上羔羊的外衣，
不知有多少羔羊将被凌辱；
只要你愿意，滥施你的魅力，
该有多少仰慕者被你俘虏！
　　别一意孤行了，我深爱着你，
　　你的就是我的，那名誉也是。

97

与你的别离，就像严冬降临，
飞逝的岁月里失去了欢乐！
我感到寒冷，目睹天日晦暝，
无处不是腊月隆冬的萧瑟！
当初与你分别，正好是夏季，
多产的秋天，因果实而丰满，
像死了丈夫的寡妇，子宫里
承载着春天纵情后的负担。
然而，对于我，这丰赡的果实
只是一个孤儿，生来就无父：
夏天和欢乐都忙于伺候你，
你不在时，鸟儿也沉默无语。
　　鸟儿即使歌唱，也唱得低沉，
　　树叶为之枯萎，怕冬天降临。

98

你离开我的时节正值阳春，
那时，艳丽的四月梳妆打扮，
给万物注入了青春的魂灵，
连阴沉的土星也跟着狂欢。
然而，无论是鸟儿们的歌吟，
还是各色鲜花扑鼻的香泽，
都不能让我谈起夏的光景，
或从丰美的裙兜将花采摘。
雪白的百合花不令我诧异，
殷红的玫瑰也难让我赞赏，
它们确实香美，但其形其姿
都从你而来，是对你的模仿。
　　只要你不在，春天就是冬天，
　　我赏花，是在与你的影交欢。

99[①]

我如此斥责傲慢的紫罗兰：
“若不是偷自我爱人的呼吸，
好贼子，你哪来如此的香妍？
留驻你嫩颊上的那抹艳丽
一定浸染过我爱人的血液。”
我还谴责百合盗取你的手，
墨角兰已对你的须发行劫；
刺茎上的玫瑰在瑟瑟颤抖，
红的由于害羞，白的因绝望。
不红不白的，贼手伸得更远，
而且偷盗了你呼出的气息；
正当它蓬勃而生，得意非凡，
蛀虫出来报仇，置它于死地。
　　世间美艳的鲜花，可谓多多，
　　不盗你而具香色，我未见过。

① 这首诗有十五行，押韵格式是“ababa cdcd efef gg”。

100

你在哪里，缪斯？你为何遗忘
这需要你竭尽全力的话题？
你是否光顾了无聊的诗章，
甘愿贬低自己，扶助于俗俚？
回来吧，健忘的缪斯，去赎回
虚度的光阴，用你温婉的诗！
让歌声在爱歌者耳边徘徊，
是他们赋予你诗艺和题旨。
懒缪斯，起来看看我的爱人，
时光是否在那里留下皱褶；
如果有，就写诗将衰老嘲讽，
并教世人藐视时间的掠劫。
　　快扬名我的爱人，超越生命，
　　别让时间的镰刀轻易得逞。

101

缪斯呀，对浸染于美中的真，
你怠慢了，这过错如何补偿？
真和美依凭我的爱人而生，
你也是，凭他你才显得高尚。
说话呀，缪斯！你是不是想说：
“真正的本色用不着再装点，
美和美中之真，用不着补裰，
只要不掺假，至善就是至善”？
你的沉默，就因他无须嘉许？
别找借口了，因为你有责任
使他长寿，超过金砌的陵墓，
让他世世代代享有赞美声。
　　履行职责吧，缪斯！今之丽质
　　如何传之久远，这我可教你。

102

我的爱貌似减弱，其实加强，
爱的表达少了，但真情如故；
倘若爱被相爱者到处传扬，
爱就成了买卖，与商品无殊。
我们初次相爱，正好在阳春，
我喜欢用我的歌将爱颂扬，
就像夜莺在初夏时节长吟，
到晚夏就停止了她的歌唱——
并非此时的夏天风光不美，
远不及她长夜哀声的夏初，
而是群鸟聒噪使枝头受累，
美蕙变得庸俗，失去了欢愉。
　　我因此要学夜莺不再歌唱，
　　免得唱得太多，反惹你心烦。

103

唉，我的缪斯本可大展才艺，
但她带来的礼物何其简朴！
天然的主题居然更有价值，
竟使我的赞美反成了蛇足。
如果我不再写诗，别责备我！
照照镜子吧，那里有一张脸
远胜过我写的笨拙的诗作，
使它很无趣，使我丢人现眼。
原本完美的，根本无须修饰，
执意去玷污，这岂不是犯罪！
我的诗本来没有其他目的，
只为颂扬你的天赋，你的美。
　　当你照镜，镜中所示最丰赡，
　　远非我写的诗句所能容涵。

104

爱友，你在我眼里永不衰老，
你的美与我们初逢时一样；
但在时序的更替中，我看到：
冬的寒飚三度肆虐于林莽，
三度吹落了那夏季的苍翠，
将春的瑰丽变成秋的干枯；
六月的骄阳也已三度烧毁
四月的花香；唯你依然青绿！
哎呀，美就像日晷上的指针
偷偷行走，让人难察其变迁；
你的美也如此，我当它站定，
其实在动，我的眼睛受了骗。
　　为此我要对后来者说一声：
　　你们未生时，美的夏天已殒。

105

别把我的爱当作偶像崇拜，
也别把我的爱人叫作偶像，
因为我的诗歌和赞美向来
只给一人，现在、将来都这样。
我爱人今天温存，明天温存，
他奇妙的美德将永远不变，
我的诗也永远歌颂这坚贞，
永远只写一件事，决不更换。
“真善美”，就是我全部的主题，
“真善美”，由此写出不同的诗，
我的创造力就运用在这里，
三者合一，描出风景的瑰奇。
　　真善美，通常都是各自为政，
　　我这里，三者同体，共存共生。

106

我在逝去的岁月的记载里，
看到关于绝世佳人的描述，
他们赞美淑女和风流骑士，
用美的语言写下美的诗赋。
他们着力美化美人的美艳，
包括手、足、嘴唇、眼睛和眉毛；
我发现，古人的笔都想表现
你现在所具备的这份美貌。
其实，他们的赞美只是预言——
预言我们这时代，预言了你。
他们只能凭眼睛私下推断，
却未能唱出你真正的价值。
　　我们呢，当这一切来到眼前，
　　虽有眼惊讶，却无舌头称羡。

107

无论我自身对未来的忧惧，
还是预言家对世界的预想，
都不能为我的爱规定限期，
并让它在宿命中走向死亡。
人间之月[1]已安度月蚀之难，
星象家的预言都成了笑柄，
不安的一切都转化为安然，
橄榄枝宣告了永久的和平。
有这芬芳时代的甘露滋润，
我鲜活的爱，连死神也退避：
尽管她常侮辱下贱的愚民，
我不理她，独自活在这诗里。
　　当暴君的饰章、铜墓化成灰，
　　诗篇里仍立着你的纪念碑。

---

① “人间之月”喻指女王伊丽莎白一世。

108

脑里还有什么可诉诸笔墨，
却尚未向你传达我的情意？
又有些什么新的可记可说，
来表达我的爱和你的美质？
没有了，孩子；但像对神祈祷，
我必须每天重复一个声音：
“你属我，我属你，”——重弹着老调，
一如唱颂歌时那般的虔诚。
这样，永恒的爱便藏于新匣，
免受尘埃蒙蔽或岁月摧残，
无须担心皱纹的自然生发；
老年则成了奴仆，听候使唤。
　　尽管年华与外貌难免一死，
　　初恋之情却能不断地复制。

109

别离后，我的热情似有减弱，
但千万别把我当作负心汉，
我恨自己不能将肉身摆脱，
像灵魂那样留驻在你心坎！
你的心就是我的爱的家园，
我如漫游过，也是浪子回头，
准时而归，爱心未因时而变：
我自备净水，可洗我的污垢。
虽然世人常有的那些弱点，
我天性中也有，但请你牢记：
我决不至于那样荒唐鄙贱，
无缘无故把你这瑰宝抛弃。
　　这浩瀚的天宇，我视为无物，
　　唯你是我的玫瑰，我的全部。

110

哎呀，我确实曾经四处奔走，
让自己扮作小丑，供人赏玩，
伤害自身，将瑰宝低价出售，
用新的情感冒犯旧的情感。
毋庸置疑，我曾经斜着眼睛，
看待你的忠贞！如今我发誓：
这教训让我的心重回青春，
经风雨方知你的爱最真挚。
俱逝矣，请接受我无尽的爱，
从此我不再激励我的贪心，
去结交新友，而将旧友伤害；
我要约束自己，视你为神明。
　　欢迎我吧，我的第二个天国，
　　最纯最亲的怀抱，请接受我！

111

哟，你得为我谴责命运女神，
我行为不端，她应为此负责，
她未提供好职业让我谋生，
只让我登台亮相，看人眼色。
我的名字由此打上了烙印，
我的本性也只好委曲求全，
一如染工，只好让颜料沾身。
怜悯我吧，愿我能回归本原，
像病人治病，我甘愿去吞服
一剂苦药，以治疗我的重症；
不管这药多苦，我不当它苦，
为悔过，我甘受加倍的严惩。
　　怜悯我吧，爱友，你可以相信，
　　你的怜悯就能治好我的病。

112

你的爱情与怜悯足以消除
流言烙刻在我脸上的疤痕，
有你护我的短，赞我的好处，
我不在乎别人的言重言轻。
你是我的整个世界，我必须
努力弄清你对我的褒与贬；
至于他人，我一概视为无物，
铁石般的心，只为你而生变。
别人闲言，我弃于万丈深坑，
无论中伤恶语，或善意赞辞，
我全然装聋作哑，充耳不闻。
其中的缘由，请听我的解释：
　　你滋生在我心中，深根固柢，
　　在我的眼里，整个世界已死。

113

别离后，我的眼睛迁住心里，
它平时为我引路，指明方向，
而今玩忽职守，成了半瞎子，
似乎在视物，其实一片迷茫。
它不给心传达所见的一切，
不告诉它花鸟的形态本相，
世间的万物，心都无缘见识，
连眼睛自身，也留不住映象。
只因它无论见到什么物体，
粗犷的，温柔的，美丑俱不论，
山和水，昼与夜，乌鸦或鸽子，
全都变了形，幻化成你的影。
　　眼睛里全是你，再不见其他，
　　就这样，真爱为我造就虚假。

114

是我的心因你而妄自尊大，
患上帝王自我奉承的瘟疫？
还是我的眼睛说出了真话：
你的爱教它学会了点金术，
奇形怪状的东西一经点化，
便变成小天使，与你同模样——
万物一旦聚集在这目光下，
丑陋的即刻拥有完美形状？
啊，是前者，正是眼睛在奉承，
我这颗雄心把它一饮而尽：
我的眼睛早知道心的脾性，
便备下这杯子送到它嘴边。
　　如果杯中有毒，罪恶也轻微，
　　因为我的眼爱它，已先品味。

115

我曾说过爱你爱到了极点，
这样的诗句其实是在说谎：
当时我确实缺乏先见之明，
不知爱情之火会越燃越旺。
好事的时间最爱制造事故，
千百次毁约，改变帝王指令，
让美颜失色，挫败壮志宏图，
使强悍者难逃无常的命运。
哎呀，既然害怕时间的霸道，
既然已从不确中获得确实，
并因忧惧来日而惜重今朝，
我当时为何不说“我最爱你”？
　　爱是婴儿：说“极点”确实不妥，
　　因为婴儿要成长，来日甚多。

116

我不敢想象真爱被人阻挠，
姻缘受挫。如果爱人变了心，
你也跟着变，或者爱人动摇，
你也动摇，爱就难为爱正名。
啊，决不！爱是灯塔，永远固定，
面对狂风暴雨而傲立岿然；
爱是星斗，为船只指引航程，
它的高度可测，价值不可量。
红颜朱唇难免被时间芟夷，
但爱不是时间掌中的玩偶，
不会随短暂的韶华而更替，
它特立独行，直至世界尽头。
　　如果这话有错，我成了旁证，
　　算我没写过诗，人间无爱情。

117

责备我吧，我不该怠惰无为，
不知回报，辜负了你的深恩，
友情的责任每日都在紧催，
我却忘了去拜访你的真情。
我只跟那些无聊之徒交往，
将你的深情厚爱抛之云霄；
我扬起风帆，不问风的方向，
任凭它将我吹到天涯海角。
请你记下我的错误与任性，
有此凭证，你尽可任意猜疑，
并把我押进你颦眉的射程，
你的恨将醒，但别把我射死。
　　我这样起诉自己，意在证明：
　　你的爱没有变，坚贞而坚定。

118

我们为了让自己食欲大增，
常用辛辣的佐料烹制食物；
为了防范隐而未见的疾病，
还会恶心地先将泻药吞服。
我也是：你的甘美百吃不厌，
但我饱餐后偏要吞饮苦汁；
餍足了健康，便将病痛品尝，
尽管这病痛于我有害无益。
爱的策略本为防患于未然，
结果弄巧成拙，假病成真疾，
健康的身心反而变成病患，
善而生忧，反得让恶来医治。
　　但我也因此获得一个教训：
　　谁因你而成疾，药物也害人。

119

我喝过女妖那有毒的泪珠，
它从丑陋的地狱蒸馏而成，
使恐惧变希望，希望成恐惧，
让胜券在握者倏忽间败阵。
我的心犯下过可恨的错误，
就在它以为最幸福的时刻！
我的眼珠差点要夺眶而出，
就因疯狂的热病令人惶惑。
啊，我知道这就是恶的好处：
因为有恶，善才能变得更善。
受损的爱，一旦被重新构筑，
比原先更美、更宏大、更坚强。
　　尽管受责备，我仍满意而归，
　　恶使我获益，比损失大三倍。

120

我从你往昔的薄情中获益：
只要想起我经受过的悲伤，
我不得不悔恨自己的过失，
否则我就是那铁石的心肠。
如你曾因我的薄情而痛心，
那你我都游历了地狱一趟；
我是暴君，居然不及时反省，
将你对我的伤害仔细掂量。
哟，那伤心的一晚必然记得：
我的悲哀如何触及了心髓！
我们随即又相互道歉自责，
用谦恭的药膏将伤口抚慰。
　　但你的罪如今成了赔偿费，
　　我赎你的，你也该把我赎回。

121

良善者与其被人诬为不善，
不如真的去作恶，做个恶人，
我们正当的欢乐源于情感，
他人的偏见不该从中作梗。
我追求快乐，凭一腔的热血，
哪用虚伪的淫眼给我赞许？
我视为善者他们偏当作恶，
他们凭什么对我评头品足？
我永远是我，他们恶意中伤，
罗列的是他们自己的罪过，
我是正直的，他们才是刁蛮，
龌龊的言语不配把我评说，
　　除非他们敢说它天经地义：
　　人都是恶的，都在恶中生息。

122

你赠我的记事册写满文字，
作为永久的纪念留在脑海，
这纪念连同册子里的一切
将超越时代，直至千秋万代，
或至少留传到自然的极限——
即我的心和脑临世的终期；
在它们将你托付遗忘以前，
关于你的记载决不会丢失。
只是可怜的本子容量有限，
你的爱也无法用筹码统计；
我要斗胆将它放置在一边，
把你交给一本更好的册子。
　　如果我得凭记事本记住你，
　　岂不表明我忘记你也容易！

123

时间啊，不要夸口我也在变，
你有力量建造新的金字塔，
但在我眼中并不稀奇、新鲜，
它们不过是旧景披上新褂。
只因生命苦短，我们才羡慕
你向我们骗售的那些旧货，
当它们是我们希望的满足，
而不想想先前早有人说过。
我藐视你的记载和你自己，
现在和将来，都不值得惊叹，
你的陈迹与新景，全是无稽，
都是你匆忙间造就的虚幻。
　　我在此立誓，并信守到永远：
　　我要忠诚，无视你和那弯镰。

124

如果我的爱只是出于势利，
那它一定是时运的私生子，
得听便时间的爱憎所摆布，
如野草闲花，任凭世人采刈。
不，我的爱绝不是逢场作戏，
它不会因荣华而趾高气扬，
也不会因失意而垂头丧气，
尽管这个时代只追求时尚。
我的爱不畏惧异端的权术，
任何奸计只能得逞于一时；
我的爱巍然而立，深谋远虑，
骄阳下不疯长，淫雨中不溺。
　　势利的小人们可为我作证：
　　他们作恶一世，死时求超升。

125

如果我高擎华盖给人捧场，
这礼敬徒有其表，于我何益？
雄伟的基石本为百世流芳，
其寿命能长过洪荒或毁灭？
为仪表不惜支付高昂租金，
这样的败家子我见过许多；
可怜的富主，求繁丽弃清纯，
万贯资财在养目之际挥霍。
噢，让我把忠诚投在你心坎，
请收下吧，礼虽轻，情义洋溢，
那里没有掺假，没有设机关，
仅仅是回敬，只限于我和你。
　　滚开吧，诬陷者！忠诚的灵魂
　　你愈诽谤，愈凸现他的真诚！

126[①]

可爱的孩子啊，时间的沙漏
和他的弯镰都握在你的手；
岁月流逝，你的爱友在凋零，
唯你不断成长，越长越年轻！
如果自然——管辖兴衰的女主
在你迈步向前时拉你回去，
她卖弄手段的目的一定是：
羞辱时间，并置分秒于死地。
自然的宠儿啊，你还得小心！
她暂留你，但不会永久保存，
她的债可延期，但必须清理：
待到结账日，她只有放弃你。

① 这首诗只有十二行，押韵格式为英雄双行体。一般认为，关于男性爱友的描写至此为止，从第一百二十七首开始描写一位黑肤女郎。

127

昔时，没有人称黑肤为美丽，
即便真美，黑也不享美之名；
如今，黑成了美的合法后裔，
公认的美反被人视为私生。
人人都在僭取自然的神力，
用骗人的化妆术美化丑陋，
从而使美丢美名，无所附丽，
美被亵渎，只能与耻辱同俦。
我情人的眼睛乌鸦般黑亮，
眉毛也黑，这姿容似在哀悼
那生来不美而装美的女郎，
怪她们辱没造化，真假颠倒。
　　她的姿容就在哀悼中增值，
　　每张嘴都在说：美理应如此。

128

我的音乐啊，当蒙恩的琴键
受你纤纤玉指的轻抚柔击，
奏出美妙音乐，金属的和声
阵阵入耳，听得我意乱神迷，
我是何等羡慕那边跳边吻
你细嫩的指心的一台键盘！
抱憾的嘴唇只能站在一边，
羞红着脸观看键木的放浪。
你的纤指，纷旋着碎步轻盈，
与那死木片一道翩翩起舞，
逗引得活的嘴唇痒灼难忍，
真想换个角色，做一段死木！
　　好吧，鲁莽的键木如此荣幸，
　　就让它吻手，我吻你的嘴唇。

129

损耗着精气，还伴随着耻辱，
这就是宣泄情欲；宣泄之前，
情欲即为伪证、凶杀和血污，
还有残暴、无信、野蛮和极端；
快乐刚过去，旋即产生厌腻；
丧智的追求，但追求一得手，
便是丧智的恨，像吞了诱饵，
只怪人家下套，害他昏了头。
追求时疯狂，占有时也疯狂，
分不清今天明天，贪无止境，
云雨时上天堂，云雨后懊丧，
期待着大欢喜，事后一场梦。
　　情欲是引人下地狱的天堂，
　　道理世人皆知，却无人避防。

130

我情人的眼睛比不得太阳，
嘴唇也不是珊瑚那般红透，
如雪算白，灰褐是她的乳房，
发如丝线，那她是黑线盘头。
我曾见过红白相间的玫瑰，
她的脸没有玫瑰那样娇靡，
有些香料闻之能让人陶醉，
我情人嘴里吐不出这气息。
我喜欢听她说话，但我清楚，
音乐比她的嗓音更其悠扬，
我承认从没见过女神赶路，
但我情人的脚踩在泥地上。
　　倘若真有美人儿倾国倾城，
　　老天作证，她们中有我情人。

131

有的人长得美，就跋扈专横，
你凭你的姿容也如此高傲，
因你知道，我对你一片痴情，
把你当作至美至珍的瑰宝。
说实话，有些见过你的人说：
你的脸不值得情人去思慕；
我不敢直言他们此说有错，
但私下赌咒：他们有眼无珠。
我担保我的赌咒有据有凭：
每当我想到你，千万个叹息
便接踵而至，它们足以证明：
在我眼里，你的黑就是绝色。
　　其实，你的黑只在你的行止，
　　就因这缘故，人们才非议你。

132

我爱你的眼，它们懂得同情，
知道你的心对我颇为鄙夷，
便披上一袭黑服前来悼念，
对我的痛苦表示由衷怜惜。
早晨的太阳给青灰的东方
捎上绚烂，长庚星引领黄昏，
给阴沉的西天梳妆出辉煌，
说真的，它们如此相辅相成，
也难比你眼与脸间的谐和。
哟，既然悲哀为你带来优雅，
就让你的心也一样同情我，
让怜悯在你每一部位驻扎！
　　美本身就是黑，这我敢赌咒，
　　而你肤色以外的，一切皆丑。

133

使我伤心的那心该受诅咒，
它让我和朋友都受了重创；
难道折磨我一人还嫌不够，
偏要将我爱友当奴仆使唤？
你残忍的眼睛已将我劫持，
随后又要将第二个我霸占，
我已被他、我自己和你遗弃——
我所蒙受的是三重的苦难！
请把我的心关进你的铁窗，
让我用它保释出朋友的心，
无论谁囚我，我为朋友守望，
在我的牢狱中，别实施暴行。
　　但我知道，你不会就此罢休，
　　因我是囚徒，一切归你所有。

134

现在我得承认，他为你所有，
我自身也押给了你的贪婪，
我甘愿被没收，以便你放手
另一个我，并让我得到慰安。
但你不愿意，他也不想获释，
因为你太贪心，而他太善良；
他只想做保人立一份凭契，
让你释放我，他自己进牢房。
而你是谋高利的，唯利是图，
你将美作为资本到处放贷，
你控告我友因我成了债户，
由于你的诽谤，我痛失朋辈。
　　我失去他，你把他和我占有，
　　他付出全部，而我仍不自由。

135

女人都有心愿，你充满欲望[①]，
你的欲已经太多，已嫌过剩；
我也有过量的欲惹你心烦，
总想为你的欲海添一加仑。
你的欲海如此广阔而浩荡，
为何不许我驶入一叶小舟？
难道别人的欲求正正堂堂，
偏我的欲求不值得你垂爱？
苍茫的大海仍接纳着雨露，
为的是它的贮藏丰满充裕，
你的欲本来富足，添我区区，
能为你增彩，扩大你的疆域。
　　别扼杀我的爱，别那般无情，
　　万欲归一，专情于我这情种。

---

① 原文 will 一词有多种含义：意志；欲念；男女生殖器；威廉·莎士比亚的昵称。

136

如灵魂责备你跟我太缠绵，
告诉这瞎说者：我就是情欲，
灵魂能懂得：情欲有这特权，
甜爱啊，请答应我爱的请托。
威尔我将进入你爱的宝库，
用情欲装满它，那里应有我！
世人皆知，大仓廪储物无数，
万物中的一物，容易被淹没；
你的仓廪总有我一席之地，
你不妨让威尔悄悄地入库，
视我为无物吧，只要你愿意，
甜爱啊，无物于你实为尤物。
　　爱上我的名字吧，爱到永远，
　　爱它就是爱我，因我叫威廉。

137

瞎眼的爱神啊，你意欲何为？
为何让我的眼睛屡屡出错？
它们明知何为美，何处有美，
却偏将至善之物当作至恶。
既然昏花的眼睛受了蒙蔽，
停泊于人人都光顾的港湾，
你为何还让昏眼造出锚钩，
用来困住我心的明睿判断？
我的心明知那是一块公地，
为何又要当它是私有地产？
我的眼明明见到不美之体，
你为何将黄脸婆认作娇娘？
　　我的心和眼只会颠倒黑白，
　　如今染上了瘟疫，也是活该！

138

当我的爱人发誓说她忠贞，
我相信她，虽然明知她说谎，
她也许当我是青涩的后生，
对人间的虚伪全不知设防。
我也将错就错，当自己年轻，
对她说谎的舌根表示信任，
虽然她清楚：我早过了盛春；
就这样，双方都隐瞒着真情。
为什么她不说她虚情假意？
为什么我不说我业已老迈？
哟，爱的惯例就是逢场作戏，
恋爱的人都不愿年纪公开。
　　就这样，我欺骗她，她欺骗我，
　　我们的缺陷在奉承中瞒过。

139

啊，别让我原谅你无义无情，
宽恕你对我的伤害和冒犯，
要害我就用舌头，别用眼睛，
用你浑身的力量，而非手腕。
爱人啊，告诉我你另有所爱，
但在我面前，不要跟人调情；
我势单力薄，要想将我伤害，
你力量足够，何用诡计阴损？
让我为你辩护：我爱人明白
我的仇敌恰恰是她的目光，
她便让它们从我脸上挪开，
让那害人的毒箭射向他方。
　　你不必这样做：我行将就木，
　　那箭应射杀我，免我的痛苦。

140

你残忍待我，也得学点聪明，
我缄口的忍耐，别过分欺辱，
不然，悲伤会借我幽怨之声，
申诉我那需要同情的痛苦。
爱人啊，如果让我教你机智，
你最好说爱我，不爱装成爱，
因为急躁的病人临近死期，
最爱听医生说他否极泰来。
如果我失望，我会变成疯子，
并在疯狂中尽说你的坏话；
这恶毒的世界已恶败至极，
疯狂的耳朵只信疯人疯骂。
　　为了我不发疯，你不被诽谤，
　　请正眼看我，尽管心在远方。

141

说实话，我的眼睛并不爱你，
因为眼睛发现你缺点太多；
但眼所蔑视的，心偏生爱意，
不管眼所见，心已被你俘获。
我的耳不喜欢听你的嗓音，
低俗的触觉对你兴趣索然，
味觉和嗅觉，不稀罕受邀请，
赴你独力承办的感官大餐。
但是，无论五智或五种官能，
都不能劝阻痴心为你服务，
我的心已全然不顾我这人，
甘愿为你傲慢的心做贱仆。
　　但我从这瘟病中也有所得：
　　她教我犯罪，让我忧心惨切。

142

爱是我的罪，恨是你的德行，
你恨我的罪，这罪扎根于爱；
倘设身处地比较你我处境，
你就能发现：你恨得不应该。
若要恨，也不该出于你嘴唇，
你已经玷污了鲜红的装饰，
与我一样，屡次盖印于伪盟，
掠夺他人床笫的正当收益。
接受我的爱吧，如你爱别人；
我追求你，如你向别人献媚，
植怜悯于你心底，让它滋生，
来日这怜悯定会让你受惠。
　　如果你一边藏爱一边求爱，
　　当你被人拒绝，那也是活该！

143

看哪，就像一个贫穷的农妇
跑着追赶一只逃跑的母鸡，
她放下孩子不管，放开脚步
紧紧追逐，想把它抓在手里；
被忽视的孩子在大声哭喊，
追赶在她身后；但她的心思
全在那只飞蹿的母鸡身上，
可怜的孩子，她已无暇顾及。
你也如此，追逐离开你的人，
而我是那孩子，就在你身后；
如果你追逐得手，请回转身，
尽人母之职：吻我，给我温柔。
　　我祝福你实现你心中目标，
　　只要你回转，我就不再哭叫。

144

我有两个情人：安慰和绝望，
他们像精灵对我不断劝诱；
好精灵是个男子，相貌堂堂，
坏精灵是个女子，肤色丑陋。
这女鬼一心想骗我下地狱，
还诱惑好精灵离开我身边，
她想将我的天使变为鬼蜮，
用她的丑恶掠夺他的纯真。
我的天使是否真的变妖魔，
这只是凭猜测，我无法断定；
但他们已离开我，形同知交，
我估计我的天使已经沉沦。
　　这都是猜想，真相无以奉告，
　　除非恶鬼用火将好鬼吓跑。

145[①]

因为她，我已日渐消沉，
爱神亲手造的那张嘴
对我说出两个字："我恨"；
但她发现我满怀伤悲，
随即又对我产生怜悯，
斥责起惯说蜜语甜言、
发布温良消息的嘴唇，
要它将其中含义更新。
她在"我恨"后面添词语，
这一添犹如明朗白天
紧跟黑夜，后者像魔鬼
从天堂摔入地狱深渊。
　　她从"我恨"中摒弃了恨，
　　"不是你"一语成我救星。

① 这首诗每行只有八个音节，故以九字句译之。

146

我的灵魂——罪恶之躯的内核，
被抬举你的叛逆者所蒙蔽，
你在营垒中憔悴，忍饥挨饿，
为何偏将外墙粉饰得富丽？
这危楼租期短暂，倒塌在即，
你为什么要为它挥霍无度？
一切奢侈品都由蛆虫承继，
这不正是肉体最后的归宿？
灵魂啊，你应该凭毁灭而生，
肉体的憔悴即是你的财富；
你应兜售时间以换取永恒，
让营内享富裕，营外受穷苦。
　　这样，你就吃掉吃人的死神，
　　死神一死，死亡就不会发生。

147

我的爱犹如热病，始终期许
这病维之久远，不断地滋长，
为使病态的食欲得到满足，
那致病的病毒反成了食粮。
理性，能治愈我的爱的良医，
就因我没有遵服他的处方，
拂袖而去，我如今已陷绝地，
方知情欲即死亡，医治无望。
理性不再管我，沉疴又难治，
我在不安中变得疯疯癫癫，
无论思想或言语，都像疯子，
脑子分不清是非，一片混乱。
　　我曾赌咒说你美，说你靓丽，
　　其实你黑如黑夜，暗如地狱。

148

哎呀，爱神赋予我什么眼力，
竟让它反映不出真实景物？
如果有，我的判断为何逃逸，
总对所见的事物感知有误？
如果我昏眼所见真具丰采，
为何世人皆说它丑陋无伦？
如果真丑，爱情显然在告白：
爱神的眼光不如芸芸众生。
哎呀，苦恼的爱眼彻夜无眠，
经常流泪，又怎能观照真面？
太阳自己况且天晴才开眼，
就怪不得我总是李戴张冠。
　　狡诈的爱用泪将我眼蒙蔽，
　　就怕明眼将你的丑恶揭示。

149

残忍啊，你怎能说我不爱你？
我已与你联手，反对我自身！
暴君啊，谁说我心中没有你？
为了你，我已经忘记我本人！
憎恨你的，我何曾视为朋友？
你讨厌的，我何曾刻意巴结？
一看见你对我皱起了眉头，
我何曾不叹息着训斥自己！
当我受控于你的秋波流盼，
死心塌地崇拜起你的缺陷，
我何曾将自己的美德礼赞？
何曾疏忽过侍奉你的职分？
　　爱人，恨下去吧，我懂你的心：
　　你爱有眼睛的，而我瞎了眼。

150

啊，你从何处获得巨大力量，
凭借缺陷也能主宰我的心，
并让我在真实事物前撒谎，
硬说白天阳光带不来光明？
你凭什么神力将丑化为美？
你的所作所为如此的不堪，
究竟哪来的这般异能奇慧，
居然让我将极恶当作至善？
据所见所闻，我本该更憎恨，
是谁教你让我偏偏更爱你？
虽然我爱着别人憎恨的人，
你不该联合他人瞧我不起。
　　既然你的缺陷提升我的爱，
　　我就更应该获得你的青睐。

151

爱神年纪太轻，尚不解风情，
但谁人不知风情由爱而生？
温柔的骗子，别再与我作梗，
我之罪也是你犯罪的佐证。
你背叛我，我则背叛了灵魂，
把它出卖给了粗鄙的肉体；
灵魂允许肉体上情场争胜，
肉体一听说你便急于成事，
即刻挺身而起，认你是战利。
他因这份战利而得意扬扬，
心甘情愿做你卑贱的奴隶，
站着尽职守，倒下在你身旁。
　　这就是风情，我管它叫作爱，
　　为这爱我挺起，然后倒下来。

152

我知道，我已因爱你而背盟，
你却因发誓爱我背盟两度：
你不守婚约，然后对我失信，
对你的新欢表示新的厌弃。
你毁约两次，但我有二十次，
为何还谴责你？我始终食言，
我赌咒发誓，全为了吹嘘你，
为了你，我的诚信丧失殆尽。
我曾发重誓说你温柔无比，
说你爱得深，爱得真，爱得久，
为了将你抬举，我闭眼虚拟，
或干脆颠倒黑白，混淆美丑。
　　我发誓说你美，这个誓最假，
　　它与事实相背，十足的谎话！

153

丘比特放下火炬睡了过去，
让狄安娜的侍女趁此机会
悄悄拿走他那把爱情火炬，
将它投入山谷中一池寒泉。
寒泉受惠于这神圣的爱火，
喷涌出永恒的热，终古不息；
面对沸腾的温泉，人们都说：
这水能治疗百病，灵验无比。
爱火又在我爱人眼中燃烧，
男孩用火炬轻击我的胸口，
我随即患病，需用泉水治疗，
于是匆匆上路，沉痛而忧愁。
　　但神泉不灵验：唯情人的眼
　　能重燃爱的火炬，治我的病。

154

有一天，小爱神正昏睡沉沉，
点燃爱情的火炬搁在一边；
恪守贞操的山林水泽女神
款款而至；那位最美的女仙
举起火炬，用她纯洁的手
解除了爱神的武装；这火炬
曾让无数情人获得爱的温柔；
爱情的统帅，此时睡得正熟。
仙女将火炬熄灭在冷泉中，
泉水从此获得恒爱的热力，
变成温泉，治人间各种病痛。
而我呢，我这个爱情的奴隶
　　也去那里求治，由此我明白：
　　爱烧热泉水，水冷却不了爱。

译后记

十四行诗滥觞于十三世纪的意大利，最初采用这种诗体写诗的是西西里的宫廷诗人，后来流传到佛罗伦萨，在彼特拉克的笔下获得完美的表现，后人因此称意大利十四行诗为“彼特拉克体”。彼特拉克喜欢将这种诗写成两部分：前八行用来陈述问题，或表现某种情感的张力；后六行对问题做出解答，或消解前述的张力。前八行的押韵格式是 abba abba，后六行是 cde cde，也可以是 cdc cdc，或 cde dce。

十四行诗于十六世纪初从欧洲大陆传入英国，最初采用这种诗体写诗的英国诗人是托马斯·怀亚特（1503—1542）和亨利·霍华德（1517？—1547）。后来，莎士比亚写出一百五十四首十四行诗，将这一诗体的诗歌创作推向一个艺术的新高峰。他的十四行诗由三个四行体和一个对句组成，押韵格式为 abab cdcd efef gg。内容上，前十二行用来陈述事物，最后的对句是结语，具有点题的作用。莎士比亚的十四行诗具备高超的语言艺术，后人称之为“莎士比亚体”。

负责印行莎士比亚十四行诗的出版商是托马斯·索普。他的本子即现在所谓的“第一四开本”，印行时莎士比亚自己显然没有校阅过，因为里面印刷的错误很多。卷首也没有诗人自己写的题献，取而代之的是出版商写的一句含义模糊的献词。献词中的“T. T.”是托马斯·索普（Thomas Thorpe）的起首字母，这已为莎士比亚研究者所认同。但“W. H. 先生”是谁，一直没有定论。有人说“W. H.”是南安普顿伯爵亨利·赖奥思利（Henry Wriothesley）名字的缩写颠倒。此人即接受作者题献《维纳斯与阿多尼斯》和《鲁克丽丝受辱记》的那个人，他是莎士比亚的庇护人，从情理上说是讲得过去的。但赖奥思利的身份是伯爵，何以称为“先生”（Mr.）？他的名字的缩写为什么不是“H. W.”，而是“W. H.”？于是有人怀疑这“W. H.”是莎士比亚的另一位庇护人彭布罗克伯爵威廉·赫伯特（William Herbert）。莎士比亚于1589年至1592年间写的戏剧就是由“彭布罗克剧团”演出的，而他的第一对开本所题献的也正是此人。但同样令人迷惑的是“先生”这个不相称的称呼。因此，有人干脆认为这“W. H.”就是莎士比亚本人（William Himself）。此外还有说“W. H.”是“T. T.”的一位助手，有说是莎士比亚的外甥或同事，等等，不一而足。

对“W. H.”做一些必要的考证并非没有意义，因为大多数研究者认为，莎士比亚的一百五十四首十四行诗可分为前后两部分：前面一百二十六首是写给诗人的一位少年朋友的；后面部分写给一位黑肤女郎。如果确定了“W. H.”的身份，就等于确定了这位朋友的身份，这对理解十四行诗的思想内容是有好处的。

另一位诗中人物黑肤女郎的情况与“W. H.”的情况差不多，她的身份也一样是个谜。根据诗人的描述，我们只知道她皮肤黝黑，性情放荡，但具有极大的魅力。她是诗人的情人，同时又与诗人的朋友有染。这位女性是实有其人，还是作者的虚构？种种迹象表明，前者的可能性很大，诗人至少是有感而发。如果可以肯定“W. H.”是彭布罗克伯爵，那么，这个女子可能是伯爵的情妇玛丽·菲顿（Mary Fitton）。她十七岁那年（1595）来到伦敦宫中，第二年奉女王命成为宫女。此人与彭布罗克的恋情曾在宫中闹得沸沸扬扬，彭布罗克还因此触怒了女王而被下狱。首先提出黑肤女郎即玛丽·菲顿的是莎学研究专家托马斯·泰勒（Thomas Tyler），附和这一主张的有弗兰克·哈里斯（Frank Harris）和剧作家萧伯纳等人。萧伯纳还为此写过一个剧本《十四行诗中的黑肤女郎》。

除了诗人的朋友和黑肤女郎，十四行诗中还提到了诗人的几位竞争对手（参见第七十六至第八十六首）。他们也写诗颂扬诗人的朋友，企图取代诗人在他心目中的地位。早期的一种看法认为这几位竞争对手是固定的一位诗人，后来的看法倾向于若干不同的诗人。候选人中包括本·琼生、多恩、甘平、马洛、斯宾塞等人。至于具体确定哪一首针对哪一位，没有人说得准。

尽管上述几个人物的原型是模糊的，学界始终没有统一的认识，但有一点可以肯定：莎士比亚的十四行诗比他的戏剧更具个人色彩。形式上是抒情诗，但这里所抒之“情”是作者自己的“情”，不像戏剧创作中一言一行都为剧中人物设计。因此，要了解莎士比亚的思想观点和人生态度，这些十四行诗无疑更有参考价值。

从表面上看，十四行诗描写的主题是友谊和爱情。具体地说，前面一百二十六首主要写友谊，余下二十八首写爱情。但这只是外部的情节构架，实际上，在这一表层下面，还有一个贯穿全诗的真正的主题，即“真善美”。

诗人并没有故弄玄虚为读者设置障碍，他甚至还担心别人不明白他的意思，干脆自己点破天机：

“真善美”，就是我全部的主题，
“真善美”，由此写出不同的诗，
我的创造力就运用在这里，
三者合一，描出风景的瑰奇。
　　真善美，通常都是各自为政，
　　我这里，三者同体，共存共生。（第一百〇五首）

这个“真善美”的主题具体表现在诗篇里常常是以礼赞朋友的美来实现的，这“美”的内涵已从单纯的美扩大到“真善美”三者的统一。诗人把他的朋友称为“我的太阳”（第三十三首）、“君主”（第五十七首），并时时祈求他充当自己的“缪斯”：

我常常召唤你做我的缪斯，
在我的诗里得到你的惠顾，
别的文人也从我获得启示，
受你的庇护发表他的诗赋。（第七十八首）

一个具体的人物形象在此已被概念化为一个理想、一个目标，供诗人向往和追求，只是在表现这种思想感情时，诗人又从抽象的、无形的概念返回具体的、有形的物象：

我是否可把你与夏天媲美?
你比夏天更可爱亦更温和:(第十八首)

又:

当一切画技用来描绘海伦,
那张脸又是你,着希腊衣装。(第五十三首)

少年男子的美超过了风光明媚的夏天,甚至可比希腊美女海伦,这“美”超凡脱俗,显然不能就事论事认为诗人只是夸张地形容了朋友的形体美。这里的“美”更多地在于精神的层面,伦理和道德的层面。

如果说诗人的朋友代表了“真善美”,那么,黑肤女郎则代表着它的反面:现实生活中不真不善不美的一个典型。她“不守婚约”(第一百五十二首),此为不真;“对你的新欢表示新的厌弃”(第一百五十二首),此为不善;皮肤黝黑,“缺点太多”(第一百四十一首),此为不美。诗人从自己的情感经历创造出这个性情放荡的女性形象,是以爱情为幌子深化真善美的主题,不同的是前面是正面的歌颂,后面是反衬。

这样一位具有许多缺陷的女子,一个“坏精灵”(第一百四十四首),诗人为什么还要神魂颠倒地爱上她呢?诗人自己也知道这种爱是一种“罪”(第一百四十二首),为什么仍自甘堕落,深陷其中而不能自拔?这是因为性爱的力量不可抗拒。在人文主义者的思想观念里，爱情具有伟大的力量，青年男女追求爱情的幸福是天经地义的事。莎士比亚大胆地披露自己的“隐私”，拿看似不道德的爱情经历说事，为的是弘扬有悖于传统的新的伦理观和爱情观，这正表现了他作为一位人文主义鼓吹者的非凡的魄力与勇气！

莎士比亚从没有写过专题性的文艺理论文章，但在十四行诗中却表达了一些很有价值的文艺观点，这也值得我们注意。他认为人的生命是有限的，而艺术是永恒的；诗歌能战胜死神，与时间同在：

但你永恒的夏天永不沉沦，
你拥有的美决不与你分开。
死神不能夸你身陷其阴影，
永恒的诗行使你与时同在。
　　只要人在呼吸，眼睛看得清，
　　这诗便活着，并赋予你生命。（第十八首）

莎士比亚认为诗要写得真实，应该写出“你就是你”，诗人应照抄“你身上的文句”（第八十四首）。在他看来，自然的美胜过艺术的美，但自然的美会消亡，补救的办法是生育繁衍，让美在子嗣身上得到继承（第十一首），或者用诗来装饰，在诗中实现永恒（第五十五首）。这些观点构成了莎士比亚的文学观。

陈才宇

于杭州寓所

书号	书名	定价	作者
9787544745048	哈姆雷特	22.00	（英国）威廉·莎士比亚
9787544744560	奥赛罗	20.00	（英国）威廉·莎士比亚
9787544744829	李尔王	22.80	（英国）威廉·莎士比亚
9787544744812	麦克白	19.80	（英国）威廉·莎士比亚
9787544745055	威尼斯商人	19.80	（英国）威廉·莎士比亚
9787544745895	无事生非	20.00	（英国）威廉·莎士比亚
9787544711104	仲夏夜之梦	22.80	（英国）威廉·莎士比亚
9787544731386	第十二夜	21.80	（英国）威廉·莎士比亚
9787544746618	罗密欧与朱丽叶	22.80	（英国）威廉·莎士比亚
9787544726207	鲁滨孙漂流记	38.80	（英国）丹尼尔·笛福
9787544726092	双城记	48.80	（英国）查尔斯·狄更斯
9787544724661	雾都孤儿	49.80	（英国）查尔斯·狄更斯
9787544723473	呼啸山庄	36.80	（英国）艾米莉·勃朗特
9787544727655	简·爱	39.80	（英国）夏洛蒂·勃朗特
9787544723220	傲慢与偏见	39.80	（英国）简·奥斯汀
9787544738668	理智与情感	49.80	（英国）简·奥斯汀
9787544752909	劝导	38.80	（英国）简·奥斯汀
9787544755207	诺桑觉寺	34.80	（英国）简·奥斯汀
9787544736114	夜莺与玫瑰	20.00	（英国）奥斯卡·王尔德
9787544724852	道林·格雷的画像	32.80	（英国）奥斯卡·王尔德
9787544754194	莎乐美	22.00	（英国）奥斯卡·王尔德
9787544720748	动物庄园	18.00	（英国）乔治·奥威尔
9787544720021	一九八四	29.80	（英国）乔治·奥威尔
9787544713115	巴黎伦敦落魄记	29.80	（英国）乔治·奥威尔
9787544750226	上来透口气	34.80	（英国）乔治·奥威尔
9787544744799	恋爱中的女人	56.00	（英国）D. H. 劳伦斯
9787544724081	儿子与情人	49.80	（英国）D. H. 劳伦斯
9787544754682	美丽新世界	32.80	（英国）奥尔德斯·赫胥黎

书号	书名	定价	作者
9787544756983	伍尔夫读书随笔	26.80	(英国) 弗吉尼亚·伍尔夫
9787544731812	培根论说文集	28.00	(英国) 弗朗西斯·培根
9787544755269	曼殊斐尔小说集	18.80	(英国) 曼殊菲尔
9787544726115	格列佛游记	39.00	(英国) 乔纳森·斯威夫特
9787544750455	小人物日记	20.00	(英国) 乔治·格罗史密斯,威登·格罗史密斯
9787544759250	像爱丽丝的小镇	45.00	(英国) 内维尔·舒特
9787544725125	勃朗宁夫人十四行诗	19.80	(英国) 伊丽莎白·勃朗宁
9787544720267	泰戈尔诗选	20.00	(印度) 泰戈尔
9787544723657	马克·吐温中短篇小说选	38.80	(美国) 马克·吐温
9787544750660	汤姆·索亚历险记	34.80	(美国) 马克·吐温
9787544751087	哈克贝利·费恩历险记	38.80	(美国) 马克·吐温
9787544723213	欧·亨利中短篇小说选	36.80	(美国) 欧·亨利
9787544723107	野性的呼唤	18.00	(美国) 杰克·伦敦
9787544726122	海狼	39.00	(美国) 杰克·伦敦
9787544726436	了不起的盖茨比	26.80	(美国) F. S. 菲茨杰拉德
9787544722568	红字	28.80	(美国) 纳撒尼尔·霍桑
9787544738859	老人与海	22.00	(美国) 欧内斯特·海明威
9787544733915	太阳照常升起	29.80	(美国) 欧内斯特·海明威
9787544733380	永别了，武器	32.80	(美国) 欧内斯特·海明威
9787544726627	爱伦·坡短篇小说选	37.80	(美国) 爱伦·坡
9787544723206	嘉莉妹妹	42.80	(美国) 西奥多·德莱塞
9787544724654	都柏林人	34.80	(爱尔兰) 詹姆斯·乔伊斯
9787544759717	一个青年艺术家的画像	36.80	(爱尔兰) 詹姆斯·乔伊斯
9787544745857	一个陌生女人的来信	38.00	(奥地利) 斯蒂芬·茨威格
9787544758659	少年维特的烦恼	26.80	(德国) 歌德
9787544720236	契诃夫中短篇小说选	29.80	(俄罗斯) 安东·契诃夫
9787544728409	克雷洛夫寓言选	22.80	(俄罗斯) 克雷洛夫
9787544760195	父与子	38.80	(俄罗斯) 屠格涅夫
9787544746441	猎人笔记	46.00	(俄罗斯) 屠格涅夫

书号	书名	定价	作者
9787544723015	白夜	28.80	（俄罗斯）陀思妥耶夫斯基
9787544727761	红与黑	49.80	（法国）司汤达
9787544723725	茶花女	29.80	（法国）小仲马
9787544725156	莫泊桑中短篇小说选	36.80	（法国）居伊·德·莫泊桑
9787544730129	最后一课——都德短篇小说选	23.80	（法国）阿尔封斯·都德
9787544748254	窄门	21.80	（法国）安德烈·纪德
9787544748223	田园交响曲	20.00	（法国）安德烈·纪德
9787544748230	背德者	21.80	（法国）安德烈·纪德
9787544722360	包法利夫人	36.80	（法国）古斯塔夫·福楼拜
9787544720243	沉思录	26.80	（古罗马）马可·奥勒留
9787544726429	里柯克幽默小品选	38.80	（加拿大）斯蒂芬·里柯克
9787544752916	先知·沙与沫	29.80	（黎巴嫩）纪伯伦
9787544758680	泪与笑	32.80	（黎巴嫩）纪伯伦
9787544738392	走出非洲	38.80	（丹麦）凯伦·布里克森
9787544743075	老残游记	32.80	（清）刘鹗
9787544741439	浮生六记	25.00	（清）沈复
9787544721028	假如给我三天光明	25.00	（美国）海伦·凯勒
9787544720274	爱的教育	29.80	（意大利）亚米契斯
9787544717793	安徒生童话	29.80	（丹麦）安徒生
9787544723589	小王子	19.80	（法国）圣埃克苏佩里
9787544761475	丛林故事	45.00	（英国）吉卜林
9787544722827	原来如此	18.00	（英国）吉卜林
9787544723794	爱丽丝漫游奇境记	28.80	（英国）刘易斯·卡罗尔
9787544752923	彼得·潘	26.80	（英国）J. M. 巴里
9787544757973	鹅妈妈的故事	22.80	（法国）沙尔·贝洛
9787544728164	小妇人	48.80	（美国）L. M. 奥尔科特
9787544752626	绿山墙的安妮	38.00	（加拿大）L. M. 蒙哥马利
9787544754910	小公主	28.80	（美国）弗朗西斯·伯内特
9787544755184	秘密花园	36.80	（美国）弗朗西斯·伯内特
9787544753821	黑骏马	32.80	（英国）安娜·塞维尔

书号	书名	定价	作者
9787544753838	怪医杜立德	22.80	（美国）休·洛夫廷
9787544757720	小熊维尼	34.80	（英国）A.A.米尔恩
9787544751919	小鹿斑比	26.80	（奥地利）F.萨尔腾
9787544754217	柳林风声	29.80	（英国）肯尼斯·格雷厄姆
9787544754200	奥兹国历险记	26.80	（美国）莱曼·弗兰克·鲍姆
9787544754859	化身博士	19.80	（英国）罗伯特·史蒂文森
9787544725071	金银岛	28.80	（英国）罗伯特·史蒂文森
9787544727174	八十天环游地球	32.80	（法国）儒勒·凡尔纳
9787544733069	海底两万里	46.80	（法国）儒勒·凡尔纳
9787544734233	神秘岛	46.80	（法国）儒勒·凡尔纳
9787544754187	地心游记	36.80	（法国）儒勒·凡尔纳
9787544733649	时间机器	18.80	（英国）H.G.威尔斯
9787544757430	失落的世界	35.80	（英国）阿瑟·柯南·道尔
9787544755658	007经典原著系列：金手指	36.80	（英国）伊恩·弗莱明
9787544733922	消失的地平线	25.00	（英国）詹姆斯·希尔顿
9787544723305	社会契约论	18.80	（法国）让－雅克·卢梭
9787544723299	忏悔录	25.80	（法国）让－雅克·卢梭
9787544757751	论人类不平等的起源和基础	22.80	（法国）让－雅克·卢梭
9787544725002	君主论	16.80	（意大利）马基雅弗利
9787544735414	富兰克林自传	32.00	（美国）本杰明·富兰克林
9787544720212	人性的弱点	29.80	（美国）戴尔·卡耐基
9787544721011	人性的优点	32.80	（美国）戴尔·卡耐基
9787544720250	致加西亚的信	16.00	（美国）埃尔伯特·哈伯德
9787544757102	我们时代的神经症人格	29.80	（美国）卡伦·霍妮
9787544754149	我们内心的冲突	28.80	（美国）卡伦·霍妮
9787544731348	菊与刀	26.00	（美国）露丝·本尼迪克特
9787544732239	中国人的气质	26.80	（美国）明恩溥
9787544757393	月亮与六便士	39.80	（英国）萨默塞特·毛姆
9787544754446	木偶奇遇记	26.80	（意大利）卡洛·科洛迪

图书在版编目（CIP）数据

莎士比亚十四行诗集：汉英对照 ／（英）威廉·莎士比亚（William Shakespeare）著；陈才宇译．—南京：译林出版社，2017.9

（双语译林．壹力文库）

ISBN 978-7-5447-7056-9

Ⅰ.①莎… Ⅱ.①威… ②陈… Ⅲ.①英语－汉语－对照读物 ②十四行诗－作品集－英国－中世纪 Ⅳ.①H319.4：I

中国版本图书馆 CIP 数据核字（2017）第 207197 号

莎士比亚十四行诗集〔英国〕威廉·莎士比亚／著　陈才宇／译

责任编辑　陆元昶
特约编辑　赵丽娟
装帧设计　Metis 灵动视线
校　　对　肖飞燕
责任印制　贺　伟

出版发行　译林出版社
地　　址　南京市湖南路 1 号 A 楼
邮　　箱　yilin@yilin.com
网　　址　www.yilin.com
市场热线　010-85376701
排　　版　张立波
印　　刷　三河市华润印刷有限公司
开　　本　640 毫米 ×960 毫米　1/16
印　　张　21
版　　次　2017 年 9 月第 1 版　2019 年 1 月第 2 次印刷
书　　号　ISBN 978-7-5447-7056-9
定　　价　34.80 元

版权所有·侵权必究

译林版图书若有印装错误可向出版社调换，质量热线：010-85376178

SHAKESPEARE'S SONNETS

William Shakespeare

图书在版编目（CIP）数据

莎士比亚十四行诗集：汉英对照 ／（英）威廉 · 莎士比亚（William Shakespeare）著；陈才宇译． —南京：译林出版社，2017.9

（双语译林 ． 壹力文库）

ISBN 978-7-5447-7056-9

I.①莎… II.①威… ②陈… III.①英语－汉语－对照读物 ②十四行诗－作品集－英国－中世纪 IV.①H319.4：I

中国版本图书馆 CIP 数据核字（2017）第 207197 号

TO. THE. ONLY. BEGETTER. OF.

THESE. ENSUING. SONNETS.

Mr. W. H.

ALL. HAPPINESSE.

AND. THAT. ETERNITY.

PROMISED.

BY.

FOR. EVER-LIVING. POET.

WISHES.

THE. WELL-WISHING.

ADVENTURER. IN.

SETTING.

FORTH.

T. T.

I

From fairest creatures we desire increase,
That thereby beauty's rose might never die,
But as the riper should by time decease,
His tender heir might bear his memory.
But thou, contracted to thine own bright eyes,
Feed'st thy light's flame with self-substantial fuel,
Making a famine where abundance lies,
Thyself thy foe, to thy sweet self too cruel.
Thou that art now the world's fresh ornament,
And only herald to the gaudy spring,
Within thine own bud buriest thy content,
And tender churl mak'st waste in niggarding.
    Pity the world, or else this glutton be,
    To eat the world's due, by the grave and thee.

II

When forty winters shall besiege thy brow,
And dig deep trenches in thy beauty's field,
Thy youth's proud livery so gazed on now,
Will be a tattered weed of small worth held.
Then being asked where all thy beauty lies,
Where all the treasure of thy lusty days,
To say within thine own deep-sunken eyes,
Were an all-eating shame and thriftless praise.
How much more praise deserved thy beauty's use,
If thou couldst answer "This fair child of mine
Shall sum my count and make my old excuse,"
Proving his beauty by succession thine.
  This were to be new made when thou art old,
  And see thy blood warm when thou feel'st it cold.

III

Look in thy glass and tell the face thou viewest,
Now is the time that face should form another,
Whose fresh repair if now thou not renewest,
Thou dost beguile the world, unbless some mother.
For where is she so fair whose uneared womb
Disdains the tillage of thy husbandry?
Or who is he so fond will be the tomb
Of his self-love, to stop posterity?
Thou art thy mother's glass and she in thee
Calls back the lovely April of her prime;
So thou through windows of thine age shalt see,
Despite of wrinkles this thy golden time.
  But if thou live, remembered not to be,
  Die single and thine image dies with thee.

IV

Unthrifty loveliness, why dost thou spend
Upon thyself thy beauty's legacy?
Nature's bequest gives nothing, but doth lend,
And being frank, she lends to those are free.
Then, beauteous niggard, why dost thou abuse
The bounteous largess given thee to give?
Profitless usurer, why dost thou use
So great a sum of sums, yet canst not live?
For having traffic with thyself alone,
Thou of thyself thy sweet self dost deceive:
Then how, when nature calls thee to be gone,
What acceptable audit canst thou leave?
  Thy unused beauty must be tombed with thee,
  Which used, lives th' executor to be.

V

Those hours that with gentle work did frame
The lovely gaze where every eye doth dwell,
Will play the tyrants to the very same
And that unfair which fairly doth excel;
For never-resting time leads summer on
To hideous winter and confounds him there,
Sap checked with frost, and lusty leaves quite gone,
Beauty o'er-snowed and bareness everywhere.
Then, were not summer's distillation left
A liquid prisoner pent in walls of glass,
Beauty's effect with beauty were bereft,
Nor it nor no remembrance what it was.
    But flowers distilled, though they with winter meet,
    Leese but their show; their substance still lives sweet.

VI

Then let not winter's ragged hand deface,
In thee thy summer ere thou be distilled.
Make sweet some vial; treasure thou some place
With beauty's treasure ere it be self-killed.
That use is not forbidden usury
Which happies those that pay the willing loan;
That's for thyself to breed another thee,
Or ten times happier, be it ten for one.
Ten times thyself were happier than thou art
If ten of thine ten times refigured thee;
Then what could death do if thou shouldst depart,
Leaving thee living in posterity?
  Be not self-willed, for thou art much too fair
  To be death's conquest and make worms thine heir.

VII

Lo, in the orient when the gracious light
Lifts up his burning head, each under eye
Doth homage to his new-appearing sight,
Serving with looks his sacred majesty;
And having climbed the steep-up heavenly hill,
Resembling strong youth in his middle age,
Yet mortal looks adore his beauty still,
Attending on his golden pilgrimage.
But when from highmost pitch with weary car
Like feeble age he reeleth from the day,
The eyes, 'fore duteous, now converted are
From his low tract and look another way.
    So thou, thyself outgoing in thy noon,
    Unlooked on diest unless thou get a son.

VIII

Music to hear, why hear'st thou music sadly?
Sweets with sweets war not, joy delights in joy.
Why lov'st thou that which thou receiv'st not gladly,
Or else receiv'st with pleasure thine annoy?
If the true concord of well-tuned sounds,
By unions married, do offend thine ear,
They do but sweetly chide thee, who confounds
In singleness the parts that thou shouldst bear.
Mark how one string, sweet husband to another,
Strikes each in each by mutual ordering;
Resembling sire and child and happy mother
Who, all in one, one pleasing note do sing;
    Whose speechless song being many, seeming one,
    Sings this to thee: "Thou single wilt prove none."

IX

Is it for fear to wet a widow's eye
That thou consum'st thyself in single life?
Ah, if thou issueless shalt hap to die,
The world will wail thee like a makeless wife;
The world will be thy widow and still weep
That thou no form of thee hast left behind,
When every private widow well may keep
By children's eyes, her husband's shape in mind.
Look what an unthrift in the world doth spend
Shifts but his place, for still the world enjoys it;
But beauty's waste hath in the world an end,
And kept unused the user so destroys it.
    No love toward others in that bosom sits
    That on himself such murd'rous shame commits.

X

For shame deny that thou bear'st love to any,
Who for thyself art so unprovident.
Grant, if thou wilt, thou art beloved of many,
But that thou none lov'st is most evident.
For thou art so possessed with murderous hate
That 'gainst thyself thou stick'st not to conspire,
Seeking that beauteous roof to ruinate
Which to repair should be thy chief desire.
O, change thy thought, that I may change my mind.
Shall hate be fairer lodged than gentle love?
Be as thy presence is, gracious and kind,
Or to thyself at least kind-hearted prove.
  Make thee another self for love of me,
  That beauty still may live in thine or thee.

XI

As fast as thou shalt wane, so fast thou grow'st,
In one of thine, from that which thou departest;
And that fresh blood which youngly thou bestow'st
Thou mayst call thine when thou from youth convertest.
Herein lives wisdom, beauty, and increase;
Without this folly, age, and cold decay.
If all were minded so, the times should cease,
And threescore year would make the world away.
Let those whom nature hath not made for store,
Harsh, featureless, and rude, barrenly perish;
Look whom she best endowed she gave thee more,
Which bounteous gift thou shouldst in bounty cherish.
  She carved thee for her seal, and meant thereby,
  Thou shouldst print more, not let that copy die.

XII

When I do count the clock that tells the time
And see the brave day sunk in hideous night;
When I behold the violet past prime
And sable curls, all silvered o'er with white;
When lofty trees I see barren of leaves,
Which erst from heat did canopy the herd,
And summer's green all girded up in sheaves
Borne on the bier with white and bristly beard;
Then of thy beauty do I question make
That thou among the wastes of time must go,
Since sweets and beauties do themselves forsake
And die as fast as they see others grow;
  And nothing 'gainst Time's scythe can make defence
  Save breed, to brave him when he takes thee hence.

XIII

O, that you were your self! But, love, you are
No longer yours than you yourself here live;
Against this coming end you should prepare,
And your sweet semblance to some other give.
So should that beauty which you hold in lease
Find no determination; then you were
Yourself again after yourself's decease
When your sweet issue your sweet form should bear.
Who lets so fair a house fall to decay,
Which husbandry in honor might uphold
Against the stormy gusts of winter's day
And barren rage of death's eternal cold?
    O, none but unthrifts, dear my love, you know.
    You had a father; let your son say so.

XIV

Not from the stars do I my judgement pluck,
And yet methinks I have astronomy—
But not to tell of good or evil luck,
Of plagues, of dearths, or seasons' quality;
Nor can I fortune to brief minutes tell,
Pointing to each his thunder, rain, and wind,
Or say with princes if it shall go well
By oft predict that I in heaven find.
But from thine eyes my knowledge I derive,
And, constant stars, in them I read such art
As truth and beauty shall together thrive
If from thyself to store thou wouldst convert;
  Or else of thee this I prognosticate:
  Thy end is truth's and beauty's doom and date.

XV

When I consider every thing that grows
Holds in perfection but a little moment,
That this huge stage presenteth nought but shows
Whereon the stars in secret influence comment;
When I perceive that men as plants increase,
Cheered and checked even by the selfsame sky,
Vaunt in their youthful sap, at height decrease,
And wear their brave state out of memory;
Then the conceit of this inconstant stay
Sets you most rich in youth before my sight,
Where wasteful Time debateth with Decay
To change your day of youth to sullied night;
　　And, all in war with Time for love of you,
　　As he takes from you, I engraft you new.

XVI

But wherefore do not you a mightier way
Make war upon this bloody tyrant, Time?
And fortify yourself in your decay
With means more blessed than my barren rhyme?
Now stand you on the top of happy hours,
And many maiden gardens, yet unset,
With virtuous wish would bear you living flowers,
Much liker than your painted counterfeit.
So should the lines of life that life repair,
Which this, Time's pencil, or my pupil pen
Neither in inward worth nor outward fair
Can make you live yourself in eyes of men.
  To give away yourself, keeps yourself still,
  And you must live, drawn by your own sweet skill.

XVII

Who will believe my verse in time to come,
If it were filled with your most high deserts?
Though yet heaven knows, it is but as a tomb
Which hides your life and shows not half your parts.
If I could write the beauty of your eyes,
And in fresh numbers number all your graces,
The age to come would say "This poet lies;
Such heavenly touches ne'er touched earthly faces."
So should my papers, yellowed with their age,
Be scorned, like old men of less truth than tongue,
And your true rights be termed a poet's rage
And stretched metre of an antique song.
    But were some child of yours alive that time,
    You should live twice—in it and in my rhyme.

XVIII

Shall I compare thee to a summer's day?
Thou art more lovely and more temperate.
Rough winds do shake the darling buds of May,
And summer's lease hath all too short a date.
Sometime too hot the eye of heaven shines,
And often is his gold complexion dimmed;
And every fair from fair sometime declines,
By chance or nature's changing course untrimmed.
But thy eternal summer shall not fade,
Nor lose possession of that fair thou ow'st,
Nor shall Death brag thou wand'rest in his shade,
When in eternal lines to time thou grow'st.
So long as men can breathe, or eyes can see,
So long lives this, and this gives life to thee.

XIX

Devouring Time, blunt thou the lion's paws
And make the earth devour her own sweet brood;
Pluck the keen teeth from the fierce tiger's jaws,
And burn the long-lived phoenix in her blood;
Make glad and sorry seasons as thou fleet'st
And do whate'er thou wilt, swift-footed Time,
To the wide world and all her fading sweets.
But I forbid thee one most heinous crime:
O, carve not with thy hours my love's fair brow,
Nor draw no lines there with thine antique pen;
Him in thy course untainted do allow
For beauty's pattern to succeeding men.
    Yet do thy worst, old Time; despite thy wrong,
    My love shall in my verse ever live young.

XX

A woman's face with Nature's own hand painted
Hast thou, the master mistress of my passion;
A woman's gentle heart, but not acquainted
With shifting change, as is false women's fashion:
An eye more bright than theirs, less false in rolling,
Gilding the object whereupon it gazeth;
A man in hue all hues in his controlling,
Which steals men's eyes and women's souls amazeth.
And for a woman wert thou first created,
Till Nature as she wrought thee fell a-doting,
And by addition me of thee defeated
By adding one thing to my purpose nothing.
    But since she pricked thee out for women's pleasure,
    Mine be thy love, and thy love's use their treasure.

XXI

So is it not with me as with that Muse,
Stirred by a painted beauty to his verse,
Who heaven itself for ornament doth use
And every fair with his fair doth rehearse,
Making a couplement of proud compare
With sun and moon, with earth and sea's rich gems,
With April's firstborn flowers and all things rare
That heaven's air in this huge rondure hems.
O, let me, true in love, but truly write,
And then believe me, my love is as fair
As any mother's child, though not so bright
As those gold candles fixed in heaven's air.
  Let them say more that like of hearsay well;
  I will not praise that purpose not to sell.

XXII

My glass shall not persuade me I am old,
So long as youth and thou are of one date;
But when in thee Time's furrows I behold,
Then look I death my days should expiate.
For all that beauty that doth cover thee
Is but the seemly raiment of my heart,
Which in thy breast doth live, as thine in me;
How can I then be elder than thou art?
O, therefore love, be of thyself so wary
As I, not for myself, but for thee will;
Bearing thy heart, which I will keep so chary
As tender nurse her babe from faring ill.
    Presume not on thy heart when mine is slain,
    Thou gav'st me thine not to give back again.

XXIII

As an unperfect actor on the stage
Who with his fear is put beside his part,
Or some fierce thing replete with too much rage,
Whose strength's abundance weakens his own heart;
So I, for fear of trust, forget to say
The perfect ceremony of love's rite,
And in mine own love's strength seem to decay,
O'ercharged with burthen of mine own love's might.
O, let my looks be then the eloquence
And dumb presagers of my speaking breast,
Who plead for love, and look for recompense
More than that tongue that more hath more expressed.
    O, learn to read what silent love hath writ.
    To hear with eyes belongs to love's fine wit.

XXIV

Mine eye hath played the painter and hath stelled,
Thy beauty's form in table of my heart;
My body is the frame wherein 'tis held,
And perspective it is best painter's art.
For through the painter must you see his skill
To find where your true image pictured lies,
Which in my bosom's shop is hanging still,
That hath his windows glazed with thine eyes.
Now see what good turns eyes for eyes have done:
Mine eyes have drawn thy shape, and thine for me
Are windows to my breast, wherethrough the sun
Delights to peep, to gaze therein on thee.
  Yet eyes this cunning want to grace their art:
  They draw but what they see, know not the heart.

XXV

Let those who are in favor with their stars
Of public honor and proud titles boast,
Whilst I, whom fortune of such triumph bars,
Unlooked for joy in that I honour most.
Great princes' favorites their fair leaves spread
But as the marigold at the sun's eye,
And in themselves their pride lies buried,
For at a frown they in their glory die.
The painful warrior famoused for fight,
After a thousand victories once foiled,
Is from the book of honor razed quite,
And all the rest forgot for which he toiled.
    Then happy I, that love and am beloved.
    Where I may not remove nor be removed.

XXVI

Lord of my love, to whom in vassalage
Thy merit hath my duty strongly knit,
To thee I send this written embassage
To witness duty, not to show my wit;
Duty so great, which wit so poor as mine
May make seem bare, in wanting words to show it,
But that I hope some good conceit of thine
In thy soul's thought, all naked, will bestow it;
Till whatsoever star that guides my moving
Points on me graciously with fair aspect,
And puts apparel on my tattered loving
To show me worthy of thy sweet respect.
  Then may I dare to boast how I do love thee;
  Till then, not show my head where thou mayst prove me.

XXVII

Weary with toil, I haste me to my bed,
The dear respose for limbs with travel tired,
But then begins a journey in my head
To work my mind when body's work's expired.
For then my thoughts, from far where I abide,
Intend a zealous pilgrimage to thee,
And keep my drooping eyelids open wide,
Looking on darkness which the blind do see;
Save that my soul's imaginary sight
Presents thy shadow to my sightless view,
Which like a jewel hung in ghastly night
Makes black night beauteous, and her old face new.
　Lo, thus, by day my limbs, by night my mind,
　For thee and for myself, no quiet find.

XXVIII

How can I then return in happy plight
That am debarreed the benefit of rest?
When day's oppression is not eased by night,
But day by night and night by day oppressed,
And each, though enemies to either's reign,
Do in consent shake hands to torture me,
The one by toil, the other to complain
How far I toil, still farther off from thee.
I tell the day, to please him thou art bright
And dost him grace when clouds do blot the heaven;
So flatter I the swart complexioned night,
When sparkling stars twire not, thou gild'st the even.
    But day doth daily draw my sorrows longer,
    And night doth nightly make grief's length seem stronger.

XXIX

When in disgrace with fortune and men's eyes,
I all alone beweep my outcast state,
And trouble deaf heaven with my bootless cries,
And look upon myself and curse my fate,
Wishing me like to one more rich in hope,
Featured like him, like him with friends possessed,
Desiring this man's art and that man's scope,
With what I most enjoy contented least;
Yet in these thoughts myself almost despising,
Haply I think on thee, and then my state,
Like to the lark at break of day arising
From sullen earth, sings hymns at heaven's gate;
  For thy sweet love remembered such wealth brings
  That then I scorn to change my state with kings.

XXX

When to the sessions of sweet silent thought
I summon up remembrance of things past,
I sigh the lack of many a thing I sought,
And with old woes new wail my dear time's waste;
Then can I drown an eye, unused to flow,
For precious friends hid in death's dateless night,
And weep afresh love's long since cancelled woe,
And moan the expense of many a vanished sight.
Then can I grieve at grievances foregone,
And heavily from woe to woe tell o'er
The sad account of fore-bemoaned moan,
Which I new pay as if not paid before.
    But if the while I think on thee, dear friend,
    All losses are restored and sorrows end.

XXXI

Thy bosom is endeared with all hearts,
Which I by lacking have supposed dead;
And there reigns Love, and all Love's loving parts,
And all those friends which I thought buried.
How many a holy and obsequious tear
Hath dear religious love stol'n from mine eye,
As interest of the dead, which now appear
But things removed that hidden in thee lie.
Thou art the grave where buried love doth live,
Hung with the trophies of my lovers gone,
Who all their parts of me to thee did give,
That due of many now is thine alone.
　Their images I loved, I view in thee,
　And thou, all they, hast all the all of me.

XXXII

If thou survive my well-contented day
When that churl Death my bones with dust shall cover,
And shalt by fortune once more resurvey
These poor rude lines of thy deceased lover,
Compare them with the bett'ring of the time,
And though they be outstripped by every pen,
Reserve them for my love, not for their rhyme,
Exceeded by the height of happier men.
O, then vouchsafe me but this loving thought:
"Had my friend's Muse grown with this growing age,
A dearer birth than this his love had brought,
To march in ranks of better equipage.
  But since he died and poets better prove,
  Theirs for their style I'll read, his for his love."

XXXIII

Full many a glorious morning have I seen
Flatter the mountain tops with sovereign eye,
Kissing with golden face the meadows green,
Gilding pale streams with heavenly alchemy,
Anon permit the basest clouds to ride
With ugly rack on his celestial face,
And from the forlorn world his visage hide,
Stealing unseen to west with this disgrace.
Even so my sun one early morn did shine
With all triumphant splendor on my brow,
But, out alack, he was but one hour mine;
The region cloud hath masked him from me now.
  Yet him for this my love no whit disdaineth;
  Suns of the world may stain when heaven's sun staineth.

XXXIV

Why didst thou promise such a beauteous day
And make me travel forth without my cloak,
To let base clouds o'ertake me in my way,
Hiding thy bravery in their rotten smoke?
'Tis not enough that through the cloud thou break
To dry the rain on my storm-beaten face,
For no man well of such a salve can speak
That heals the wound and cures not the disgrace.
Nor can thy shame give physic to my grief;
Though thou repent, yet I have still the loss.
The offender's sorrow lends but weak relief
To him that bears the strong offence's cross.
  Ah, but those tears are pearl which thy love sheds,
  And they are rich and ransom all ill deeds.

XXXV

No more be grieved at that which thou hast done.
Roses have thorns, and silver fountains mud;
Clouds and eclipses stain both moon and sun,
And loathsome canker lives in sweetest bud.
All men make faults, and even I in this,
Authorizing thy trespass with compare,
Myself corrupting salving thy amiss,
Excusing thy sins more than thy sins are.
For to thy sensual fault I bring in sense—
Thy adverse party is thy advocate—
And 'gainst myself a lawful plea commence.
Such civil war is in my love and hate
    That I an accessary needs must be
    To that sweet thief which sourly robs from me.

XXXVI

Let me confess that we two must be twain
Although our undivided loves are one;
So shall those blots that do with me remain,
Without thy help, by me be borne alone.
In our two loves there is but one respect,
Though in our lives a separable spite,
Which though it alter not love's sole effect,
Yet doth it steal sweet hours from love's delight.
I may not evermore acknowledge thee,
Lest my bewailed guilt should do thee shame,
Nor thou with public kindness honor me
Unless thou take that honor from thy name.
  But do not so, I love thee in such sort,
  As thou being mine, mine is thy good report.

XXXVII

As a decrepit father takes delight
To see his active child do deeds of youth,
So I, made lame by Fortune's dearest spite,
Take all my comfort of thy worth and truth.
For whether beauty, birth, or wealth, or wit,
Or any of these all, or all, or more,
Entitled in thy parts do crowned sit,
I make my love engrafted to this store.
So then I am not lame, poor, nor despised,
Whilst that this shadow doth such substance give
That I in thy abundance am sufficed,
And by a part of all thy glory live.
  Look what is best, that best I wish in thee.
  This wish I have, then ten times happy me.

XXXVIII

How can my Muse want subject to invent
While thou dost breathe that pour'st into my verse
Thine own sweet argument, too excellent
For every vulgar paper to rehearse?
O, give thyself the thanks if aught in me
Worthy perusal stand against thy sight,
For who's so dumb that cannot write to thee
When thou thyself dost give invention light?
Be thou the tenth Muse, ten times more in worth
Than those old nine which rhymers invocate;
And he that calls on thee, let him bring forth
Eternal numbers to outlive long date.
　If my slight Muse do please these curious days,
　The pain be mine, but thine shall be the praise.

XXXIX

O, how thy worth with manners may I sing
When thou art all the better part of me?
What can mine own praise to mine own self bring?
And what is't but mine own when I praise thee?
Even for this let us divided live
And our dear love lose name of single one,
That by this separation I may give
That due to thee which thou deserv'st alone.
O absence, what a torment wouldst thou prove
Were it not thy sour leisure gave sweet leave
To entertain the time with thoughts of love,
Which time and thoughts so sweetly doth deceive,
    And that thou teachest how to make one twain
    By praising him here who doth hence remain.

XL

Take all my loves, my love, yea take them all.
What hast thou then more than thou hadst before?
No love, my love, that thou mayst true love call;
All mine was thine, before thou hadst this more.
Then, if for my love, thou my love receivest,
I cannot blame thee, for my love thou usest;
But yet be blamed, if thou thyself deceivest
By wilful taste of what thyself refusest.
I do forgive thy robbery, gentle thief,
Although thou steal thee all my poverty;
And yet, love knows it is a greater grief
To bear love's wrong, than hate's known injury.
  Lascivious grace, in whom all ill well shows,
  Kill me with spites, yet we must not be foes.

XLI

Those pretty wrongs that liberty commits,
When I am sometime absent from thy heart,
Thy beauty, and thy years full well befits,
For still temptation follows where thou art.
Gentle thou art, and therefore to be won,
Beauteous thou art, therefore to be assailed;
And when a woman woos, what woman's son
Will sourly leave her till he have prevailed?
Ay me, but yet thou mightst my seat forbear,
And chide thy beauty and thy straying youth,
Who lead thee in their riot even there
Where thou art forced to break a twofold truth:
  Hers by thy beauty tempting her to thee,
  Thine by thy beauty being false to me.

XLII

That thou hast her it is not all my grief,
And yet it may be said I loved her dearly;
That she hath thee is of my wailing chief,
A loss in love that touches me more nearly.
Loving offenders thus I will excuse ye:
Thou dost love her, because thou know'st I love her;
And for my sake even so doth she abuse me,
Suffering my friend for my sake to approve her.
If I lose thee, my loss is my love's gain,
And losing her, my friend hath found that loss;
Both find each other, and I lose both twain,
And both for my sake lay on me this cross.
    But here's the joy; my friend and I are one;
    Sweet flattery! then she loves but me alone.

XLIII

When most I wink, then do mine eyes best see,
For all the day they view things unrespected;
But when I sleep, in dreams they look on thee,
And darkly bright, are bright in dark directed.
Then thou, whose shadow shadows doth make bright,
How would thy shadow's form form happy show
To the clear day with thy much clearer light,
When to unseeing eyes thy shade shines so!
How would, I say, mine eyes be blessed made
By looking on thee in the living day,
When in dead night thy fair imperfect shade
Through heavy sleep on sightless eyes doth stay!
  All days are nights to see till I see thee,
  And nights bright days when dreams do show thee me.

XLIV

If the dull substance of my flesh were thought,
Injurious distance should not stop my way;
For then despite of space I would be brought,
From limits far remote, where thou dost stay.
No matter then although my foot did stand
Upon the farthest earth removed from thee;
For nimble thought can jump both sea and land,
As soon as think the place where he would be.
But, ah, thought kills me that I am not thought,
To leap large lengths of miles when thou art gone,
But that so much of earth and water wrought,
I must attend time's leisure with my moan;
  Receiving nought by elements so slow
  But heavy tears, badges of either's woe.

XLV

The other two, slight air, and purging fire
Are both with thee, wherever I abide;
The first my thought, the other my desire,
These present-absent with swift motion slide.
For when these quicker elements are gone
In tender embassy of love to thee,
My life, being made of four, with two alone
Sinks down to death, oppressed with melancholy;
Until life's composition be recured
By those swift messengers returned from thee,
Who even but now come back again, assured,
Of thy fair health, recounting it to me:
    This told, I joy; but then no longer glad,
    I send them back again, and straight grow sad.

XLVI

Mine eye and heart are at a mortal war,
How to divide the conquest of thy sight;
Mine eye my heart thy picture's sight would bar,
My heart mine eye the freedom of that right.
My heart doth plead that thou in him dost lie,
A closet never pierced with crystal eyes—
But the defendant doth that plea deny,
And says in him thy fair appearance lies.
To side this title is impanneled
A quest of thoughts, all tenants to the heart;
And by their verdict is determined
The clear eyes' moiety, and the dear heart's part:
  As thus; mine eyes' due is thy outward part,
  And my heart's right, thy inward love of heart.

XLVII

Betwixt mine eye and heart a league is took,
And each doth good turns now unto the other.
When that mine eye is famished for a look,
Or heart in love with sighs himself doth smother,
With my love's picture then my eye doth feast
And to the painted banquet bids my heart.
Another time mine eye is my heart's guest
And in his thoughts of love doth share a part.
So, either by thy picture or my love,
Thyself away art present still with me;
For thou no farther than my thoughts canst move,
And I am still with them, and they with thee;
    Or, if they sleep, thy picture in my sight
    Awakes my heart to heart's and eye's delight.

XLVIII

How careful was I, when I took my way,
Each trifle under truest bars to thrust,
That to my use it might unused stay
From hands of falsehood, in sure wards of trust!
But thou, to whom my jewels trifles are,
Most worthy comfort, now my greatest grief,
Thou best of dearest and mine only care,
Art left the prey of every vulgar thief.
Thee have I not locked up in any chest,
Save where thou art not, though I feel thou art,
Within the gentle closure of my breast,
From whence at pleasure thou mayst come and part;
    And even thence thou wilt be stol'n I fear,
    For truth proves thievish for a prize so dear.

XLIX

Against that time, if ever that time come,
When I shall see thee frown on my defects,
When as thy love hath cast his utmost sum,
Called to that audit by advised respects;
Against that time when thou shalt strangely pass,
And scarcely greet me with that sun, thine eye,
When love, converted from the thing it was,
Shall reasons find of settled gravity;
Against that time do I ensconce me here,
Within the knowledge of mine own desert,
And this my hand, against myself uprear,
To guard the lawful reasons on thy part:
　To leave poor me thou hast the strength of laws,
　Since why to love I can allege no cause.

L

How heavy do I journey on the way,
When what I seek, my weary travel's end,
Doth teach that ease and that repose to say,
"Thus far the miles are measured from thy friend!"
The beast that bears me, tired with my woe,
Plods dully on, to bear that weight in me,
As if by some instinct the wretch did know
His rider loved not speed, being made from thee:
The bloody spur cannot provoke him on,
That sometimes anger thrusts into his hide,
Which heavily he answers with a groan,
More sharp to me than spurring to his side;
For that same groan doth put this in my mind,
My grief lies onward, and my joy behind.

LI

Thus can my love excuse the slow offense
Of my dull bearer when from thee I speed:
From where thou art why should I haste me thence?
Till I return, of posting is no need.
O, what excuse will my poor beast then find,
When swift extremity can seem but slow?
Then should I spur, though mounted on the wind,
In winged speed no motion shall I know,
Then can no horse with my desire keep pace;
Therefore desire, of perfect'st love being made,
Shall neigh—no dull flesh—in his fiery race;
But love, for love, thus shall excuse my jade:
"Since from thee going, he went wilful-slow,
Towards thee I'll run, and give him leave to go."

LII

So am I as the rich, whose blessed key,
Can bring him to his sweet up-locked treasure,
The which he will not every hour survey,
For blunting the fine point of seldom pleasure.
Therefore are feasts so solemn and so rare,
Since, seldom coming in that long year set,
Like stones of worth they thinly placed are,
Or captain jewels in the carcanet.
So is the time that keeps you as my chest,
Or as the wardrobe which the robe doth hide,
To make some special instant special-blest,
By new unfolding his imprisoned pride.
  Blessed are you whose worthiness gives scope,
  Being had, to triumph; being lacked, to hope.

LIII

What is your substance, whereof are you made,
That millions of strange shadows on you tend?
Since every one, hath every one, one shade,
And you but one, can every shadow lend.
Describe Adonis, and the counterfeit
Is poorly imitated after you;
On Helen's cheek all art of beauty set,
And you in Grecian tires are painted new:
Speak of the spring, and foison of the year,
The one doth shadow of your beauty show,
The other as your bounty doth appear;
And you in every blessed shape we know.
In all external grace you have some part,
But you like none, none you, for constant heart.

LIV

O, how much more doth beauty beauteous seem
By that sweet ornament which truth doth give.
The rose looks fair, but fairer we it deem
For that sweet odor, which doth in it live.
The canker blooms have full as deep a dye
As the perfumed tincture of the roses.
Hang on such thorns, and play as wantonly
When summer's breath their masked buds discloses:
But, for their virtue only is their show,
They live unwooed, and unrespected fade;
Die to themselves. Sweet roses do not so;
Of their sweet deaths, are sweetest odors made:
  And so of you, beauteous and lovely youth,
  When that shall vade, by verse distills your truth.

LV

Not marble, nor the gilded monuments
Of princes, shall outlive this powerful rhyme;
But you shall shine more bright in these contents
Than unswept stone, besmeared with sluttish time.
When wasteful war shall statues overturn,
And broils root out the work of masonry,
Nor Mars his sword, nor war's quick fire shall burn
The living record of your memory.
'Gainst death, and all oblivious enmity
Shall you pace forth; your praise shall still find room
Even in the eyes of all posterity
That wear this world out to the ending doom.
　So, till the judgment that yourself arise,
　You live in this, and dwell in lovers' eyes.

LVI

Sweet love, renew thy force. Be it not said
Thy edge should blunter be than appetite,
Which but today by feeding is allayed,
Tomorrow sharpened in his former might:
So, love, be thou, although today thou fill
Thy hungry eyes, even till they wink with fulness,
Tomorrow see again, and do not kill
The spirit of love, with a perpetual dulness.
Let this sad interim like the ocean be
Which parts the shore, where two contracted new
Come daily to the banks, that when they see
Return of love, more blest may be the view;
  Or call it winter, which being full of care,
  Makes summer's welcome, thrice more wished, more rare.

LVII

Being your slave what should I do but tend,
Upon the hours, and times of your desire?
I have no precious time at all to spend;
Nor services to do, till you require.
Nor dare I chide the world-without-end hour,
Whilst I, my sovereign, watch the clock for you,
Nor think the bitterness of absence sour,
When you have bid your servant once adieu;
Nor dare I question with my jealous thought
Where you may be, or your affairs suppose,
But, like a sad slave, stay and think of nought
Save, where you are, how happy you make those.
　So true a fool is love, that in your will,
　Though you do anything, he thinks no ill.

LVIII

That god forbid, that made me first your slave,
I should in thought control your times of pleasure,
Or at your hand the account of hours to crave,
Being your vassal, bound to stay your leisure!
O, let me suffer, being at your beck,
The imprisoned absence of your liberty;
And patience, tame to sufferance, bide each check,
Without accusing you of injury.
Be where you list, your charter is so strong
That you yourself may privilage your time
To what you will; to you it doth belong
Yourself to pardon of self-doing crime.
  I am to wait, though waiting so be hell,
  Not blame your pleasure be it ill or well.

LIX

If there be nothing new, but that which is
Hath been before, how are our brains beguiled,
Which labouring for invention bear amiss
The second burthen of a former child!
O, that record could with a backward look,
Even of five hundred courses of the sun,
Show me your image in some antique book,
Since mind at first in character was done!
That I might see what the old world could say
To this composed wonder of your frame;
Wh'r we are mended, or wh'r better they,
Or whether revolution be the same.
　O, sure I am the wits of former days,
　To subjects worse have given admiring praise.

LX

Like as the waves make towards the pebbled shore,
So do our minutes hasten to their end;
Each changing place with that which goes before,
In sequent toil all forwards do contend.
Nativity, once in the main of light,
Crawls to maturity, wherewith being crowned,
Crooked eclipses 'gainst his glory fight,
And Time that gave doth now his gift confound.
Time doth transfix the flourish set on youth
And delves the parallels in beauty's brow,
Feeds on the rarities of nature's truth,
And nothing stands but for his scythe to mow.
  And yet to times in hope, my verse shall stand.
  Praising thy worth, despite his cruel hand.

LXI

Is it thy will, thy image should keep open
My heavy eyelids to the weary night?
Dost thou desire my slumbers should be broken,
While shadows like to thee do mock my sight?
Is it thy spirit that thou send'st from thee
So far from home into my deeds to pry,
To find out shames and idle hours in me,
The scope and tenor of thy jealousy?
O, no. Thy love, though much, is not so great:
It is my love that keeps mine eye awake,
Mine own true love that doth my rest defeat,
To play the watchman ever for thy sake:
  For thee watch I, whilst thou dost wake elsewhere,
  From me far off, with others all too near.

LXII

Sin of self-love possesseth all mine eye
And all my soul, and all my every part;
And for this sin there is no remedy,
It is so grounded inward in my heart.
Methinks no face so gracious is as mine,
No shape so true, no truth of such account;
And for myself mine own worth do define,
As I all other in all worths surmount.
But when my glass shows me myself indeed
Beated and chopped with tanned antiquity,
Mine own self-love quite contrary I read;
Self so self-loving were iniquity.
  'Tis thee, myself, that for myself I praise,
  Painting my age with beauty of thy days.

LXIII

Against my love shall be, as I am now,
With Time's injurious hand crushed and o'erworn;
When hours have drained his blood and filled his brow
With lines and wrinkles; when his youthful morn
Hath travelled on to age's steepy night;
And all those beauties whereof now he's king
Are vanishing, or vanished out of sight,
Stealing away the treasure of his spring;
For such a time do I now fortify
Against confounding age's cruel knife,
That he shall never cut from memory
My sweet love's beauty, though my lover's life:
  His beauty shall in these black lines be seen,
  And they shall live, and he in them still green.

LXIV

When I have seen by Time's fell hand defaced
The rich proud cost of outworn buried age;
When sometime lofty towers I see down-razed,
And brass eternal slave to mortal rage;
When I have seen the hungry ocean gain
Advantage on the kingdom of the shore,
And the firm soil win of the watery main,
Increasing store with loss, and loss with store;
When I have seen such interchange of state,
Or state itself confounded, to decay;
Ruin hath taught me thus to ruminate—
That Time will come and take my love away.
  This thought is as a death which cannot choose
  But weep to have that which it fears to lose.

LXV

Since brass, nor stone, nor earth, nor boundless sea
But sad mortality o'ersways their power,
How with this rage shall beauty hold a plea,
Whose action is no stronger than a flower?
O, how shall summer's honey breath hold out
Against the wrackful siege of battering days,
When rocks impregnable are not so stout
Nor gates of steel so strong, but Time decays?
O, fearful meditation! where, alack,
Shall Time's best jewel from Time's chest lie hid?
Or what strong hand can hold his swift foot back,
Or who his spoil of beauty can forbid?
O, none, unless this miracle have might,
That in black ink my love may still shine bright.

LXVI

Tired with all these, for restful death I cry:
As to behold desert a beggar born,
And needy nothing trimmed in jollity,
And purest faith unhappily forsworn,
And gilded honor shamefully misplaced,
And maiden virtue rudely strumpeted,
And right perfection wrongfully disgraced,
And strength by limping sway disabled,
And art made tongue-tied by authority,
And folly, doctor-like, controlling skill,
And simple truth miscalled simplicity,
And captive good attending captain ill:
Tired with all these, from these would I be gone,
Save that, to die, I leave my love alone.

LXVII

Ah, wherefore with infection should he live,
And with his presence grace impiety,
That sin by him advantage should achieve,
And lace itself with his society?
Why should false painting imitate his cheek,
And steel dead seeming of his living hue?
Why should poor beauty indirectly seek
Roses of shadow, since his rose is true?
Why should he live, now Nature bankrupt is,
Beggared of blood to blush through lively veins?
For she hath no exchequer now but his,
And, proud of many, lives upon his gains.
    O, him she stores, to show what wealth she had
    In days long since, before these last so bad.

LXVIII

Thus is his cheek the map of days outworn,
When beauty lived and died as flowers do now,
Before these bastard signs of fair were born,
Or durst inhabit on a living brow;
Before the golden tresses of the dead,
The right of sepulchres, were shorn away,
To live a second life on second head;
Ere beauty's dead fleece made another gay:
In him those holy antique hours are seen,
Without all ornament, itself and true,
Making no summer of another's green,
Robbing no old to dress his beauty new.
    And him as for a map doth Nature store,
    To show false Art what beauty was of yore.

LXIX

Those parts of thee that the world's eye doth view
Want nothing that the thought of hearts can mend;
All tongues, the voice of souls, give thee that due,
Uttering bare truth, even so as foes commend.
Thy outward thus with outward praise is crowned,
But those same tongues that give thee so thine own
In other accents do this praise confound
By seeing farther than the eye hath shown.
They look into the beauty of thy mind,
And that, in guess, they measure by thy deeds;
Then, churls, their thoughts, although their eyes were kind,
To thy fair flower add the rank smell of weeds.
  But why thy odor matcheth not thy show,
  The soil is this, that thou dost common grow.

LXX

That thou art blamed shall not be thy defect,
For slander's mark was ever yet the fair;
The ornament of beauty is suspect,
A crow that flies in heaven's sweetest air.
So thou be good, slander doth but approve
Thy worth the greater, being wooed of time,
For canker vice the sweetest buds doth love,
And thou present'st a pure unstained prime.
Thou hast passed by the ambush of young days,
Either not assailed, or victor being charged;
Yet this thy praise cannot be so thy praise
To tie up envy, evermore enlarged.
　If some suspect of ill masked not thy show,
　Then thou alone kingdoms of hearts shouldst owe.

LXXI

No longer mourn for me when I am dead
Than you shall hear the surly sullen bell
Give warning to the world that I am fled
From this vile world with vilest worms to dwell.
Nay, if you read this line, remember not
The hand that writ it, for I love you so
That I in your sweet thoughts would be forgot,
If thinking on me then should make you woe.
O, if, I say, you look upon this verse
When I, perhaps, compounded am with clay,
Do not so much as my poor name rehearse,
But let your love even with my life decay;
    Lest the wise world should look into your moan
    And mock you with me after I am gone.

LXXII

O, lest the world should task you to recite
What merit lived in me, that you should love
After my death, dear love, forget me quite,
For you in me can nothing worthy prove;
Unless you would devise some virtuous lie,
To do more for me than mine own desert,
And hang more praise upon deceased I
Than niggard truth would willingly impart.
O, lest your true love may seem false in this
That you for love speak well of me untrue,
My name be buried where my body is,
And live no more to shame nor me nor you.
  For I am shamed by that which I bring forth,
  And so should you, to love things nothing worth.

LXXIII

That time of year thou mayst in me behold
When yellow leaves, or none, or few, do hang
Upon those boughs which shake against the cold,
Bare ruined choirs, where late the sweet birds sang.
In me thou see'st the twilight of such day
As after sunset fadeth in the west;
Which by and by black night doth take away,
Death's second self, that seals up all in rest.
In me thou see'st the glowing of such fire
That on the ashes of his youth doth lie,
As the death-bed, whereon it must expire,
Consumed with that which it was nourished by.
　This thou perceiv'st, which makes thy love more strong,
　To love that well, which thou must leave ere long.

LXXIV

But be contented when that fell arrest
Without all bail shall carry me away,
My life hath in this line some interest,
Which for memorial still with thee shall stay.
When thou reviewest this, thou dost review
The very part was consecrate to thee.
The earth can have but earth, which is his due;
My spirit is thine, the better part of me.
So then thou hast but lost the dregs of life,
The prey of worms, my body being dead;
The coward conquest of a wretch's knife,
Too base of thee to be remembered.
    The worth of that is that which it contains,
    And that is this, and this with thee remains.

LXXV

So are you to my thoughts as food to life,
Or as sweet-seasoned showers are to the ground;
And for the peace of you I hold such strife
As 'twixt a miser and his wealth is found.
Now proud as an enjoyer, and anon
Doubting the filching age will steal his treasure;
Now counting best to be with you alone,
Then bettered that the world may see my pleasure.
Sometime all full with feasting on your sight,
And by and by clean starved for a look;
Possessing or pursuing no delight
Save what is had or must from you be took.
  Thus do I pine and surfeit day by day,
  Or gluttoning on all, or all away.

LXXVI

Why is my verse so barren of new pride,
So far from variation or quick change?
Why with the time do I not glance aside
To new-found methods and to compounds strange?
Why write I still all one, ever the same,
And keep invention in a noted weed,
That every word doth almost tell my name,
Showing their birth and where they did proceed?
O, know, sweet love, I always write of you,
And you and love are still my argument;
So all my best is dressing old words new,
Spending again what is already spent.
    For as the sun is daily new and old,
    So is my love, still telling what is told.

LXXVII

Thy glass will show thee how thy beauties wear,
Thy dial how thy precious minutes waste;
These vacant leaves thy mind's imprint will bear,
And of this book, this learning mayst thou taste.
The wrinkles which thy glass will truly show
Of mouthed graves will give thee memory;
Thou by thy dial's shady stealth mayst know
Time's thievish progress to eternity.
Look, what thy memory cannot contain,
Commit to these waste blanks, and thou shalt find
Those children nursed, delivered from thy brain,
To take a new acquaintance of thy mind.
    These offices, so oft as thou wilt look,
    Shall profit thee and much enrich thy book.

LXXVIII

So oft have I invoked thee for my Muse
And found such fair assistance in my verse
As every alien pen hath got my use
And under thee their poesy disperse.
Thine eyes, that taught the dumb on high to sing
And heavy ignorance aloft to fly,
Have added feathers to the learned's wing
And given grace a double majesty.
Yet be most proud of that which I compile,
Whose influence is thine and born of thee.
In others' works thou dost but mend the style,
And arts with thy sweet graces graced be.
  But thou art all my art and dost advance
  As high as learning my rude ignorance.

LXXIX

Whilst I alone did call upon thy aid,
My verse alone had all thy gentle grace;
But now my gracious numbers are decayed,
And my sick Muse doth give another place.
I grant, sweet love, thy lovely argument
Deserves the travail of a worthier pen;
Yet what of thee thy poet doth invent
He robs thee of and pays it thee again.
He lends thee virtue, and he stole that word
From thy behaviour; beauty doth he give,
And found it in thy cheek. He can afford
No praise to thee but what in thee doth live.
 Then thank him not for that which he doth say,
 Since what he owes thee thou thyself dost pay.

LXXX

O, how I faint when I of you do write,
Knowing a better spirit doth use your name,
And in the praise thereof spends all his might,
To make me tongue-tied speaking of your fame!
But since your worth, wide as the ocean is,
The humble as the proudest sail doth bear,
My saucy bark, inferior far to his,
On your broad main doth wilfully appear.
Your shallowest help will hold me up afloat
Whilst he upon your soundless deep doth ride,
Or, being wracked, I am a worthless boat,
He of tall building and of goodly pride.
  Then, if he thrive and I be cast away,
  The worst was this: my love was my decay.

LXXXI

Or I shall live your epitaph to make
Or you survive when I in earth am rotten.
From hence your memory death cannot take,
Although in me each part will be forgotten.
Your name from hence immortal life shall have,
Though I, once gone, to all the world must die.
The earth can yield me but a common grave,
When you entombed in men's eyes shall lie.
Your monument shall be my gentle verse,
Which eyes not yet created shall o'erread;
And tongues to be your being shall rehearse
When all the breathers of this world are dead.
    You still shall live—such virtue hath my pen—
    Where breath most breathes, even in the mouths of men.

LXXXII

I grant thou wert not married to my Muse,
And therefore mayst without attaint o'erlook
The dedicated words which writers use
Of their fair subject, blessing every book.
Thou art as fair in knowledge as in hue,
Finding thy worth a limit past my praise,
And therefore art enforced to seek anew
Some fresher stamp of the time-bettering days.
And do so, love; yet when they have devised,
What strained touches rhetoric can lend,
Thou, truly fair, wert truly sympathized
In true plain words by thy true-telling friend.
  And their gross painting might be better used
  Where cheeks need blood; in thee it is abused.

LXXXIII

I never saw that you did painting need
And therefore to your fair no painting set.
I found, or thought I found, you did exceed
That barren tender of a poet's debt.
And therefore have I slept in your report,
That you yourself, being extant, well might show
How far a modern quill doth come too short,
Speaking of worth, what worth in you doth grow.
This silence for my sin you did impute,
Which shall be most my glory being dumb,
For I impair not beauty being mute,
When others would give life, and bring a tomb.
  There lives more life in one of your fair eyes
  Than both your poets can in praise devise.

LXXXIV

Who is it that says most, which can say more
Than this rich praise, that you alone, are you?
In whose confine immured is the store
Which should example where your equal grew.
Lean penury within that pen doth dwell
That to his subject lends not some small glory;
But he that writes of you, if he can tell
That you are you, so dignifies his story.
Let him but copy what in you is writ,
Not making worse what nature made so clear,
And such a counterpart shall fame his wit,
Making his style admired everywhere.
    You to your beauteous blessings add a curse,
    Being fond on praise, which makes your praises worse.

LXXXV

My tongue-tied Muse in manners holds her still
While comments of your praise, richly compiled,
Reserve their character with golden quill
And precious phrase by all the Muses filed.
I think good thoughts whilst others write good words,
And like unlettered clerk still cry "Amen"
To every hymn that able spirit affords
In polished form of well-refined pen.
Hearing you praised, I say "'tis so, 'tis true,"
And to the most of praise add something more;
But that is in my thought, whose love to you,
Though words come hindmost, holds his rank before.
  Then others, for the breath of words respect,
  Me for my dumb thoughts, speaking in effect.

LXXXVI

Was it the proud full sail of his great verse,
Bound for the prize of all-too-precious you,
That did my ripe thoughts in my brain inhearse,
Making their tomb the womb wherein they grew?
Was it his spirit, by spirits taught to write
Above a mortal pitch, that struck me dead?
No, neither he, nor his compeers by night
Giving him aid, my verse astonished.
He, nor that affable familiar ghost
Which nightly gulls him with intelligence,
As victors of my silence cannot boast;
I was not sick of any fear from thence.
  But when your countenance filled up his line,
  Then lacked I matter; that enfeebled mine.

LXXXVII

Farewell, thou art too dear for my possessing,
And like enough thou know'st thy estimate.
The charter of thy worth gives thee releasing;
My bonds in thee are all determinate.
For how do I hold thee but by thy granting,
And for that riches where is my deserving?
The cause of this fair gift in me is wanting,
And so my patent back again is swerving.
Thyself thou gav'st, thy own worth then not knowing,
Or me, to whom thou gav'st it, else mistaking;
So thy great gift, upon misprision growing,
Comes home again, on better judgement making.
  Thus have I had thee, as a dream doth flatter,
  In sleep a king, but waking no such matter.

LXXXVIII

When thou shalt be disposed to set me light
And place my merit in the eye of scorn,
Upon thy side against myself I'll fight
And prove thee virtuous, though thou art forsworn.
With mine own weakness being best acquainted,
Upon thy part I can set down a story
Of faults concealed wherein I am attainted,
That thou, in losing me, shall win much glory;
And I by this will be a gainer too;
For bending all my loving thoughts on thee,
The injuries that to myself I do,
Doing thee vantage, double-vantage me.
  Such is my love, to thee I so belong,
  That, for thy right, myself will bear all wrong.

LXXXIX

Say that thou didst forsake me for some fault,
And I will comment upon that offense;
Speak of my lameness and I straight will halt,
Against thy reasons making no defense.
Thou canst not, love, disgrace me half so ill,
To set a form upon desired change,
As I'll myself disgrace, knowing thy will;
I will acquaintance strangle and look strange,
Be absent from thy walks, and in my tongue
Thy sweet beloved name no more shall dwell,
Lest I, too much profane, should do it wrong
And haply of our old acquaintance tell.
  For thee, against my self I'll vow debate,
  For I must ne'er love him whom thou dost hate.

XC

Then hate me when thou wilt, if ever, now,
Now, while the world is bent my deeds to cross,
Join with the spite of fortune, make me bow,
And do not drop in for an afterloss.
Ah, do not, when my heart hath 'scaped this sorrow,
Come in the rearward of a conquered woe;
Give not a windy night a rainy morrow,
To linger out a purposed overthrow.
If thou wilt leave me, do not leave me last,
When other petty griefs have done their spite,
But in the onset come; so shall I taste
At first the very worst of fortune's might;
  And other strains of woe, which now seem woe,
  Compared with loss of thee will not seem so.

XCI

Some glory in their birth, some in their skill,
Some in their wealth, some in their body's force,
Some in their garments, though new fangled ill,
Some in their hawks and hounds, some in their horse;
And every humor hath his adjunct pleasure,
Wherein it finds a joy above the rest.
But these particulars are not my measure;
All these I better in one general best.
Thy love is better than high birth to me,
Richer than wealth, prouder than garments' costs,
Of more delight than hawks and horses be;
And having thee, of all men's pride I boast.
    Wretched in this alone, that thou mayst take
    All this away, and me most wretched make.

XCII

But do thy worst to steal thyself away,
For term of life thou art assured mine,
And life no longer than thy love will stay,
For it depends upon that love of thine.
Then need I not to fear the worst of wrongs
When in the least of them my life hath end;
I see a better state to me belongs
Than that which on thy humor doth depend.
Thou canst not vex me with inconstant mind,
Since that my life on thy revolt doth lie.
O, what a happy title do I find,
Happy to have thy love, happy to die!
  But what's so blessed-fair that fears no blot?
  Thou mayst be false, and yet I know it not.

XCIII

So shall I live, supposing thou art true,
Like a deceived husband; so love's face
May still seem love to me, though altered new;
Thy looks with me, thy heart in other place.
For there can live no hatred in thine eye;
Therefore in that I cannot know thy change.
In many's looks, the false heart's history
Is writ in moods, and frowns and wrinkles strange.
But heaven in thy creation did decree
That in thy face sweet love should ever dwell;
Whate'er thy thoughts or thy heart's workings be,
Thy looks should nothing thence but sweetness tell.
    How like Eve's apple doth thy beauty grow,
    If thy sweet virtue answer not thy show.

XCIV

They that have power to hurt and will do none,
That do not do the thing they most do show,
Who, moving others, are themselves as stone,
Unmoved, cold, and to temptation slow,
They rightly do inherit heaven's graces
And husband nature's riches from expense;
They are the lords and owners of their faces,
Others but stewards of their excellence.
The summer's flower is to the summer sweet,
Though to itself it only live and die;
But if that flower with base infection meet,
The basest weed outbraves his dignity.
    For sweetest things turn sourest by their deeds;
    Lilies that fester smell far worse than weeds.

XCV

How sweet and lovely dost thou make the shame
Which, like a canker in the fragrant rose,
Doth spot the beauty of thy budding name!
O, in what sweets dost thou thy sins enclose!
That tongue that tells the story of thy days,
Making lascivious comments on thy sport,
Cannot dispraise, but in a kind of praise;
Naming thy name, blesses an ill report.
O, what a mansion have those vices got
Which for their habitation chose out thee,
Where beauty's veil doth cover every blot,
And all things turns to fair that eyes can see!
    Take heed, dear heart, of this large privilege;
    The hardest knife ill used doth lose his edge.

XCVI

Some say thy fault is youth, some wantonness;
Some say thy grace is youth and gentle sport.
Both grace and faults are loved of more and less;
Thou mak'st faults graces that to thee resort.
As on the finger of a throned queen
The basest jewel will be well esteemed,
So are those errors that in thee are seen
To truths translated and for true things deemed.
How many lambs might the stern wolf betray
If like a lamb he could his looks translate!
How many gazers mightst thou lead away
If thou wouldst use the strength of all thy state!
 But do not so. I love thee in such sort,
 As, thou being mine, mine is thy good report.

XCVII

How like a winter hath my absence been
From thee, the pleasure of the fleeting year!
What freezings have I felt, what dark days seen,
What old December's bareness everywhere!
And yet this time removed was summer's time,
The teeming autumn, big with rich increase,
Bearing the wanton burden of the prime,
Like widowed wombs after their lords' decease.
Yet this abundant issue seemed to me
But hope of orphans and unfathered fruit;
For summer and his pleasures wait on thee,
And thou away, the very birds are mute;
  Or, if they sing, 'tis with so dull a cheer
  That leaves look pale, dreading the winter's near.

XCVIII

From you have I been absent in the spring,
When proud-pied April, dressed in all his trim,
Hath put a spirit of youth in everything,
That heavy Saturn laughed and leapt with him.
Yet nor the lays of birds, nor the sweet smell
Of different flowers in odor and in hue
Could make me any summer's story tell,
Or from their proud lap pluck them where they grew.
Nor did I wonder at the lily's white,
Nor praise the deep vermilion in the rose;
They were but sweet, but figures of delight,
Drawn after you, you pattern of all those.
  Yet seemed it winter still, and you away,
  As with your shadow I with these did play.

XCIX

The forward violet thus did I chide:
"Sweet thief, whence didst thou steal thy sweet that smells,
If not from my love's breath? The purple pride
Which on thy soft cheek for complexion dwells
In my love's veins thou hast too grossly dyed."
The lily I condemned for thy hand,
And buds of marjoram had stol'n thy hair;
The roses fearfully on thorns did stand,
One blushing shame, another white despair;
A third, nor red nor white, had stol'n of both,
And to his robbery had annexed thy breath;
But, for his theft, in pride of all his growth
A vengeful canker ate him up to death.
    More flowers I noted, yet I none could see
    But sweet or color it had stol'n from thee.

C

Where art thou, Muse, that thou forget'st so long
To speak of that which gives thee all thy might?
Spend'st thou thy fury on some worthless song,
Darkening thy power to lend base subjects light?
Return forgetful Muse, and straight redeem
In gentle numbers time so idly spent;
Sing to the ear that doth thy lays esteem
And gives thy pen both skill and argument.
Rise, resty Muse, my love's sweet face survey
If Time have any wrinkle graven there.
If any, be a satire to decay
And make Time's spoils despised every where.
  Give my love fame faster than Time wastes life;
  So thou prevent'st his scythe and crooked knife.

CI

O truant Muse, what shall be thy amends
For thy neglect of truth in beauty dyed?
Both truth and beauty on my love depends;
So dost thou too, and therein dignified.
Make answer, Muse. Wilt thou not haply say
"Truth needs no color with his color fixed,
Beauty no pencil beauty's truth to lay;
But best is best if never intermixed?"
Because he needs no praise, wilt thou be dumb?
Excuse not silence so, for 't lies in thee
To make him much outlive a gilded tomb
And to be praised of ages yet to be.
　Then do thy office, Muse; I teach thee how
　To make him seem long hence as he shows now.

CII

My love is strengthened, though more weak in seeming;
I love not less, though less the show appear.
That love is merchandized whose rich esteeming
The owner's tongue doth publish everywhere.
Our love was new, and then but in the spring,
When I was wont to greet it with my lays,
As Philomel in summer's front doth sing,
And stops her pipe in growth of riper days.
Not that the summer is less pleasant now
Than when her mournful hymns did hush the night,
But that wild music burdens every bough,
And sweets grown common lose their dear delight.
  Therefore like her, I sometime hold my tongue,
  Because I would not dull you with my song.

CIII

Alack, what poverty my Muse brings forth,
That having such a scope to show her pride,
The argument, all bare, is of more worth
Than when it hath my added praise beside!
O, blame me not, if I no more can write!
Look in your glass, and there appears a face
That overgoes my blunt invention quite,
Dulling my lines and doing me disgrace.
Were it not sinful, then, striving to mend,
To mar the subject that before was well?
For to no other pass my verses tend
Than of your graces and your gifts to tell.
  And more, much more, than in my verse can sit,
  Your own glass shows you when you look in it.

CIV

To me, fair friend, you never can be old,
For as you were when first your eye I eyed,
Such seems your beauty still. Three winters cold
Have from the forests shook three summers' pride,
Three beauteous springs to yellow autumn turned
In process of the seasons have I seen,
Three April perfumes in three hot Junes burned,
Since first I saw you fresh, which yet are green.
Ah, yet doth beauty like a dial hand,
Steal from his figure, and no pace perceived;
So your sweet hue, which methinks still doth stand,
Hath motion, and mine eye may be deceived.
    For fear of which, hear this thou age unbred:
    Ere you were born was beauty's summer dead.

CV

Let not my love be called idolatry,
Nor my beloved as an idol show,
Since all alike my songs and praises be
To one, of one, still such, and ever so.
Kind is my love today, tomorrow kind,
Still constant in a wondrous excellence;
Therefore my verse to constancy confined,
One thing expressing, leaves out difference.
"Fair, kind, and true" is all my argument,
"Fair, kind, and true" varying to other words;
And in this change is my invention spent,
Three themes in one, which wondrous scope affords.
  "Fair", "kind", and "true" have often lived alone,
  Which three till now, never kept seat in one.

CVI

When in the chronicle of wasted time
I see descriptions of the fairest wights,
And beauty making beautiful old rhyme,
In praise of ladies dead and lovely knights,
Then in the blazon of sweet beauty's best,
Of hand, of foot, of lip, of eye, of brow,
I see their antique pen would have expressed
Even such a beauty as you master now.
So all their praises are but prophecies
Of this our time, all you prefiguring;
And, for they looked but with divining eyes,
They had not skill enough your worth to sing.
For we, which now behold these present days,
Have eyes to wonder, but lack tongues to praise.

CVII

Not mine own fears nor the prophetic soul
Of the wide world dreaming on things to come
Can yet the lease of my true love control,
Supposed as forfeit to a confined doom.
The mortal moon hath her eclipse endured,
And the sad augurs mock their own presage;
Incertainties now crown themselves assured,
And peace proclaims olives of endless age.
Now with the drops of this most balmy time
My love looks fresh, and Death to me subscribes,
Since, spite of him, I'll live in this poor rhyme,
While he insults o'er dull and speechless tribes;
　And thou in this shalt find thy monument
　When tyrants' crests and tombs of brass are spent.

CVIII

What's in the brain that ink may character
Which hath not figured to thee my true spirit?
What's new to speak, what now to register,
That may express my love or thy dear merit?
Nothing, sweet boy; but yet, like prayers divine,
I must each day say o'er the very same,
Counting no old thing old, thou mine, I thine,
Even as when first I hallowed thy fair name.
So that eternal love in love's fresh case
Weighs not the dust and injury of age,
Nor gives to necessary wrinkles place,
But makes antiquity for aye his page,
  Finding the first conceit of love there bred,
  Where time and outward form would show it dead.

CIX

O, never say that I was false of heart,
Though absence seemed my flame to qualify,
As easy might I from myself depart
As from my soul which in thy breast doth lie.
That is my home of love. If I have ranged,
Like him that travels I return again,
Just to the time, not with the time exchanged,
So that myself bring water for my stain.
Never believe, though in my nature reigned
All frailties that besiege all kinds of blood,
That it could so preposterously be stained
To leave for nothing all thy sum of good.
  For nothing this wide universe I call,
  Save thou, my rose, in it thou art my all.

CX

Alas, 'tis true, I have gone here and there
And made myself a motley to the view,
Gored mine own thoughts, sold cheap what is most dear,
Made old offenses of affections new.
Most true it is that I have looked on truth
Askance and strangely; but by all above,
These blenches gave my heart another youth,
And worse essays proved thee my best of love.
Now all is done, save what shall have no end.
Mine appetite I never more will grind
On newer proof, to try an older friend,
A god in love, to whom I am confined.
  Then give me welcome, next my heaven the best,
  Even to thy pure and most most loving breast.

CXI

O, for my sake do you with Fortune chide,
The guilty goddess of my harmful deeds,
That did not better for my life provide
Than public means which public manners breeds.
Thence comes it that my name receives a brand,
And almost thence my nature is subdued
To what it works in, like the dyer's hand.
Pity me, then, and wish I were renewed,
Whilst, like a willing patient, I will drink
Potions of eisel 'gainst my strong infection;
No bitterness that I will bitter think,
Nor double penance, to correct correction.
   Pity me then, dear friend, and I assure ye,
   Even that your pity is enough to cure me.

CXII

Your love and pity doth the impression fill
Which vulgar scandal stamped upon my brow;
For what care I who calls me well or ill,
So you o'ergreen my bad, my good allow?
You are my all the world, and I must strive
To know my shames and praises from your tongue;
None else to me, nor I to none alive,
That my steeled sense or changes right or wrong.
In so profound abysm I throw all care
Of others' voices, that my adder's sense
To critic and to flatterer stopped are.
Mark how with my neglect I do dispense:
　You are so strongly in my purpose bred
　That all the world besides methinks are dead.

CXIII

Since I left you, mine eye is in my mind,
And that which governs me to go about
Doth part his function, and is partly blind,
Seems seeing, but effectually is out;
For it no form delivers to the heart
Of bird, of flower, or shape which it doth latch;
Of his quick objects hath the mind no part,
Nor his own vision holds what it doth catch.
For if it see the rud'st or gentlest sight,
The most sweet favour or deformed'st creature,
The mountain or the sea, the day or night,
The crow, or dove, it shapes them to your feature.
    Incapable of more, replete with you,
    My most true mind thus maketh mine eye untrue.

CXIV

Or whether doth my mind, being crowned with you,
Drink up the monarch's plague, this flattery?
Or whether shall I say mine eye saith true,
And that your love taught it this alchemy,
To make of monsters and things indigest
Such cherubins as your sweet self resemble,
Creating every bad a perfect best
As fast as objects to his beams assemble?
O, 'tis the first, 'tis flattery in my seeing,
And my great mind most kingly drinks it up.
Mine eye well knows what with his gust is greeing,
And to his palate doth prepare the cup.
    If it be poisoned, 'tis the lesser sin
    That mine eye loves it and doth first begin.

CXV

Those lines that I before have writ do lie,
Even those that said I could not love you dearer;
Yet then my judgment knew no reason why
My most full flame should afterwards burn clearer.
But reckoning Time, whose millioned accidents
Creep in 'twixt vows and change decrees of kings,
Tan sacred beauty, blunt the sharp'st intents,
Divert strong minds to the course of altering things—
Alas, why fearing of Time's tyranny,
Might I not then say, "Now I love you best,"
When I was certain o'er incertainty,
Crowning the present, doubting of the rest?
    Love is a babe, then might I not say so,
    To give full growth to that which still doth grow.

CXVI

Let me not to the marriage of true minds
Admit impediments. Love is not love
Which alters when it alteration finds
Or bends with the remover to remove.
O, no, it is an ever-fixed mark
That looks on tempests and is never shaken;
It is the star to every wandering bark,
Whose worth's unknown, although his height be taken.
Love's not Time's fool, though rosy lips and cheeks
Within his bending sickle's compass come;
Love alters not with his brief hours and weeks,
But bears it out even to the edge of doom.
    If this be error and upon me proved,
    I never writ, nor no man ever loved.

CXVII

Accuse me thus: that I have scanted all
Wherein I should your great deserts repay,
Forgot upon your dearest love to call,
Whereto all bonds do tie me day by day;
That I have frequent been with unknown minds,
And given to time your own dear-purchased right;
That I have hoisted sail to all the winds
Which should transport me farthest from your sight.
Book both my wilfulness and errors down,
And on just proof surmise accumulate;
Bring me within the level of your frown,
But shoot not at me in your wakened hate,
  Since my appeal says I did strive to prove
  The constancy and virtue of your love.

CXVIII

Like as to make our appetite more keen
With eager compounds we our palate urge;
As to prevent our maladies unseen
We sicken to shun sickness when we purge;
Even so, being full of your ne'er-cloying sweetness,
To bitter sauces did I frame my feeding;
And, sick of welfare, found a kind of meetness
To be diseased ere that there was true needing.
Thus policy in love, to anticipate
The ills that were not, grew to faults assured,
And brought to medicine a healthful state
Which, rank of goodness, would by ill be cured.
    But thence I learn and find the lesson true:
    Drugs poison him that so fell sick of you.

CXIX

What potions have I drunk of Siren tears
Distilled from limbecks foul as hell within,
Applying fears to hopes and hopes to fears,
Still losing when I saw myself to win!
What wretched errors hath my heart committed,
Whilst it hath thought itself so blessed never!
How have mine eyes out of their spheres been fitted
In the distraction of this madding fever!
O, benefit of ill! Now I find true
That better is by evil still made better;
And ruined love, when it is built anew,
Grows fairer than at first, more strong, far greater.
　So I return rebuked to my content,
　And gain by ill thrice more than I have spent.

CXX

That you were once unkind befriends me now,
And for that sorrow which I then did feel
Needs must I under my transgression bow,
Unless my nerves were brass or hammered steel.
For if you were by my unkindness shaken
As I by yours, you've passed a hell of time,
And I, a tyrant, have no leisure taken
To weigh how once I suffered in your crime.
O, that our night of woe might have remembered
My deepest sense how hard true sorrow hits,
And soon to you as you to me then tendered
The humble salve which wounded bosoms fits!
　But that your trespass now becomes a fee;
　Mine ransoms yours, and yours must ransom me.

CXXI

’Tis better to be vile than vile esteemed,
When not to be receives reproach of being,
And the just pleasure lost, which is so deemed
Not by our feeling but by others’ seeing.
For why should others’ false adulterate eyes
Give salutation to my sportive blood?
Or on my frailties why are frailer spies,
Which in their wills count bad what I think good?
No, I am that I am, and they that level
At my abuses reckon up their own.
I may be straight though they themselves be bevel;
By their rank thoughts my deeds must not be shown,
  Unless this general evil they maintain:
  All men are bad and in their badness reign.

CXXII

Thy gift, thy tables, are within my brain
Full charactered with lasting memory,
Which shall above that idle rank remain
Beyond all date, even to eternity—
Or, at the least, so long as brain and heart
Have faculty by nature to subsist;
Till each to razed oblivion yield his part
Of thee, thy record never can be missed.
That poor retention could not so much hold,
Nor need I tallies thy dear love to score;
Therefore to give them from me was I bold,
To trust those tables that receive thee more.
    To keep an adjunct to remember thee
    Were to import forgetfulness in me.

CXXIII

No, Time, thou shalt not boast that I do change.
Thy pyramids built up with newer might
To me are nothing novel, nothing strange;
They are but dressings of a former sight.
Our dates are brief, and therefore we admire
What thou dost foist upon us that is old,
And rather make them born to our desire
Than think that we before have heard them told.
Thy registers and thee I both defy,
Not wondering at the present nor the past,
For thy records and what we see doth lie,
Made more or less by thy continual haste.
  This I do vow, and this shall ever be:
  I will be true despite thy scythe and thee.

CXXIV

If my dear love were but the child of state,
It might for Fortune's bastard be unfathered,
As subject to Time's love or to Time's hate,
Weeds among weeds, or flowers with flowers gathered.
No, it was builded far from accident;
It suffers not in smiling pomp, nor falls
Under the blow of thralled discontent,
Whereto th' inviting time our fashion calls.
It fears not policy, that heretic
Which works on leases of short-numbered hours,
But all alone stands hugely politic,
That it nor grows with heat nor drowns with showers.
  To this I witness call the fools of time,
  Which die for goodness who have lived for crime.

CXXV

Were't aught to me I bore the canopy,
With my extern the outward honoring,
Or laid great bases for eternity,
Which proves more short than waste or ruining?
Have I not seen dwellers on form and favour
Lose all and more by paying too much rent,
For compound sweet forgoing simple savor,
Pitiful thrivers, in their gazing spent?
No, let me be obsequious in thy heart,
And take thou my oblation, poor but free,
Which is not mixed with seconds, knows no art
But mutual render, only me for thee.
    Hence, thou suborned informer; a true soul
    When most impeached stands least in thy control.

CXXVI

O thou, my lovely boy, who in thy power
Dost hold Time's fickle glass, his sickle hour;
Who hast by waning grown, and therein show'st
Thy lover's withering as thy sweet self grow'st.
If Nature, sovereign mistress over wrack,
As thou goest onwards still will pluck thee back,
She keeps thee to this purpose, that her skill
May time disgrace, and wretched minutes kill.
Yet fear her, O thou minion of her pleasure!
She may detain, but not still keep, her treasure.
Her audit, though delayed, answered must be,
And her quietus is to render thee.

CXXVII

In the old age, black was not counted fair,
Or, if it were, it bore not beauty's name;
But now is black beauty's successive heir,
And beauty slandered with a bastard shame.
For since each hand hath put on Nature's power,
Fairing the foul with Art's false borrowed face,
Sweet beauty hath no name, no holy bower,
But is profaned, if not lives in disgrace.
Therefore my mistress' eyes are raven black,
Her eyes so suited, and they mourners seem
At such who, not born fair, no beauty lack,
Sland'ring creation with a false esteem.
  Yet so they mourn, becoming of their woe,
  That every tongue says beauty should look so.

CXXVIII

How oft, when thou, my music, music play'st,
Upon that blessed wood whose motion sounds
With thy sweet fingers when thou gently sway'st
The wiry concord that mine ear confounds,
Do I envy those jacks that nimble leap
To kiss the tender inward of thy hand,
Whilst my poor lips, which should that harvest reap,
At the wood's boldness by thee blushing stand.
To be so tickled they would change their state
And situation with those dancing chips,
O'er whom thy fingers walk with gentle gait,
Making dead wood more blest than living lips.
    Since saucy jacks so happy are in this,
    Give them thy fingers, me thy lips to kiss.

CXXIX

The expense of spirit in a waste of shame
Is lust in action; and till action, lust
Is perjured, murderous, bloody, full of blame,
Savage, extreme, rude, cruel, not to trust;
Enjoyed no sooner but despised straight;
Past reason hunted, and no sooner had,
Past reason hated as a swallowed bait
On purpose laid to make the taker mad.
Mad in pursuit and in possession so;
Had, having, and in quest to have, extreme;
A bliss in proof, and proved a very woe;
Before, a joy proposed; behind, a dream.
  All this the world well knows, yet none knows well
  To shun the heaven that leads men to this hell.

CXXX

My mistress' eyes are nothing like the sun;
Coral is far more red than her lips' red;
If snow be white, why then her breasts are dun;
If hairs be wires, black wires grow on her head.
I have seen roses damasked, red and white,
But no such roses see I in her cheeks;
And in some perfumes is there more delight
Than in the breath that from my mistress reeks.
I love to hear her speak, yet well I know
That music hath a far more pleasing sound.
I grant I never saw a goddess go;
My mistress, when she walks, treads on the ground.
  And yet, by heaven, I think my love as rare
  As any she belied with false compare.

CXXXI

Thou art as tyrannous, so as thou art,
As those whose beauties proudly make them cruel;
For well thou know'st to my dear doting heart
Thou art the fairest and most precious jewel.
Yet in good faith some say that thee behold,
Thy face hath not the power to make love groan;
To say they err I dare not be so bold,
Although I swear it to myself alone.
And to be sure that is not false I swear,
A thousand gròans, but thinking on thy face,
One on another's neck do witness bear
Thy black is fairest in my judgment's place.
    In nothing art thou black save in thy deeds,
    And thence this slander as I think proceeds.

CXXXII

Thine eyes I love, and they, as pitying me,
Knowing thy heart torment me with disdain,
Have put on black, and loving mourners be,
Looking with pretty ruth upon my pain.
And truly not the morning sun of heaven
Better becomes the gray cheeks of the east,
Nor that full star that ushers in the even
Doth half that glory to the sober west
As those two mourning eyes become thy face.
O, let it then as well beseem thy heart
To mourn for me, since mourning doth thee grace,
And suit thy pity like in every part.
  Then will I swear beauty herself is black,
  And all they foul that thy complexion lack.

CXXXIII

Beshrew that heart that makes my heart to groan
For that deep wound it gives my friend and me.
Is 't not enough to torture me alone,
But slave to slavery my sweet'st friend must be?
Me from myself thy cruel eye hath taken,
And my next self thou harder hast engrossed:
Of him, myself, and thee I am forsaken,
A torment thrice threefold thus to be crossed.
Prison my heart in thy steel bosom's ward,
But then my friend's heart let my poor heart bail.
Whoe'er keeps me, let my heart be his guard;
Thou canst not then use rigour in my jail.
    And yet thou wilt, for I, being pent in thee,
    Perforce am thine, and all that is in me.

CXXXIV

So, now I have confessed that he is thine
And I myself am mortgaged to thy will,
Myself I'll forfeit, so that other mine
Thou wilt restore to be my comfort still.
But thou wilt not, nor he will not be free,
For thou art covetous, and he is kind;
He learned but surety-like to write for me
Under that bond that him as fast doth bind.
The statute of thy beauty thou wilt take,
Thou usurer that putt'st forth all to use,
And sue a friend came debtor for my sake;
So him I lose through my unkind abuse.
  Him have I lost; thou hast both him and me.
  He pays the whole, and yet am I not free.

CXXXV

Whoever hath her wish, thou hast thy will,
And will to boot, and will in overplus.
More than enough am I that vex thee still,
To thy sweet will making addition thus.
Wilt thou, whose will is large and spacious,
Not once vouchsafe to hide my will in thine?
Shall will in others seem right gracious,
And in my will no fair acceptance shine?
The sea, all water, yet receives rain still,
And in abundance addeth to his store;
So thou, being rich in will, add to thy will
One will of mine, to make thy large will more.
  Let no unkind, no fair beseechers kill.
  Think all but one, and me in that one will.

CXXXVI

If thy soul check thee that I come so near,
Swear to thy blind soul that I was thy will,
And will, thy soul knows, is admitted there.
Thus far for love my love-suit, sweet, fulfill.
Will will fulfill the treasure of thy love,
Ay, fill it full with wills, and my will one.
In things of great receipt with ease we prove
Among a number one is reckoned none.
Then in the number let me pass untold,
Though in thy store's account I one must be.
For nothing hold me, so it please thee hold
That nothing me, a something sweet, to thee.
Make but my name thy love, and love that still,
And then thou lovest me, for my name is Will.

CXXXVII

Thou blind fool, Love, what dost thou to mine eyes
That they behold and see not what they see?
They know what beauty is, see where it lies,
Yet what the best is take the worst to be.
If eyes, corrupt by overpartial looks,
Be anchored in the bay where all men ride,
Why of eyes' falsehood hast thou forged hooks,
Whereto the judgment of my heart is tied?
Why should my heart think that a several plot
Which my heart knows the wide world's common place?
Or mine eyes, seeing this, say this is not,
To put fair truth upon so foul a face?
  In things right true my heart and eyes have erred,
  And to this false plague are they now transferred.

CXXXVIII

When my love swears that she is made of truth
I do believe her though I know she lies,
That she might think me some untutored youth,
Unlearned in the world's false subtleties.
Thus vainly thinking that she thinks me young,
Although she knows my days are past the best,
Simply I credit her false-speaking tongue;
On both sides thus is simple truth suppressed.
But wherefore says she not she is unjust?
And wherefore say not I that I am old?
O, love's best habit is in seeming trust,
And age in love loves not to have years told.
  Therefore I lie with her and she with me,
  And in our faults by lies we flattered be.

CXXXIX

O, call not me to justify the wrong
That thy unkindness lays upon my heart;
Wound me not with thine eye but with thy tongue;
Use power with power, and slay me not by art.
Tell me thou lov'st elsewhere; but in my sight,
Dear heart, forbear to glance thine eye aside.
What need'st thou wound with cunning when thy might
Is more than my o'erpressed defence can bide?
Let me excuse thee: ah, my love well knows
Her pretty looks have been mine enemies;
And therefore from my face she turns my foes,
That they elsewhere might dart their injuries.
    Yet do not so; but since I am near slain,
    Kill me outright with looks, and rid my pain.

CXL

Be wise as thou art cruel; do not press
My tongue-tied patience with too much disdain,
Lest sorrow lend me words, and words express
The manner of my pity-wanting pain.
If I might teach thee wit, better it were,
Though not to love, yet, love to tell me so,
As testy sick men, when their deaths be near,
No news but health from their physicians know.
For if I should despair, I should grow mad,
And in my madness might speak ill of thee.
Now this ill-wresting world is grown so bad,
Mad slanderers by mad ears believed be.
  That I may not be so, nor thou belied,
  Bear thine eyes straight, though thy proud heart go wide.

CXLI

In faith, I do not love thee with mine eyes,
For they in thee a thousand errors note;
But 'tis my heart that loves what they despise,
Who in despite of view is pleased to dote.
Nor are mine ears with thy tongue's tune delighted,
Nor tender feeling to base touches prone,
Nor taste, nor smell, desire to be invited
To any sensual feast with thee alone.
But my five wits nor my five senses can
Dissuade one foolish heart from serving thee,
Who leaves unswayed the likeness of a man,
Thy proud heart's slave and vassal wretch to be.
Only my plague thus far I count my gain,
That she that makes me sin awards me pain.

CXLII

Love is my sin, and thy dear virtue hate,
Hate of my sin, grounded on sinful loving.
O, but with mine compare thou thine own state,
And thou shalt find it merits not reproving.
Or if it do, not from those lips of thine,
That have profaned their scarlet ornaments
And sealed false bonds of love as oft as mine,
Robbed others' beds' revenues of their rents.
Be it lawful I love thee as thou lov'st those
Whom thine eyes woo as mine importune thee;
Root pity in thy heart, that, when it grows,
Thy pity may deserve to pitied be.
  If thou dost seek to have what thou dost hide,
  By self-example mayst thou be denied.

CXLIII

Lo, as a careful housewife runs to catch
One of her feathered creatures broke away,
Sets down her babe, and makes all swift dispatch
In pursuit of the thing she would have stay,
Whilst her neglected child holds her in chase,
Cries to catch her whose busy care is bent
To follow that which flies before her face,
Not prizing her poor infant's discontent;
So runn'st thou after that which flies from thee,
Whilst I, thy babe, chase thee afar behind.
But if thou catch thy hope, turn back to me
And play the mother's part: kiss me, be kind.
　So will I pray that thou mayst have thy will,
　If thou turn back and my loud crying still.

CXLIV

Two loves I have, of comfort and despair,
Which like two spirits do suggest me still.
The better angel is a man right fair,
The worser spirit a woman colored ill.
To win me soon to hell my female evil
Tempteth my better angel from my side,
And would corrupt my saint to be a devil,
Wooing his purity with her foul pride.
And whether that my angel be turned fiend
Suspect I may, yet not directly tell;
But being both from me, both to each friend,
I guess one angel in another's hell.
  Yet this shall I ne'er know, but live in doubt,
  Till my bad angel fire my good one out.

CXLV

Those lips that Love's own hand did make
Breathed forth the sound that said "I hate"
To me that languished for her sake;
But when she saw my woeful state,
Straight in her heart did mercy come,
Chiding that tongue that ever sweet
Was used in giving gentle doom,
And taught it thus anew to greet;
"I hate" she altered with an end
That followed it as gentle day
Doth follow night, who like a fiend,
From heaven to hell is flown away.
    "I hate" from hate away she threw,
    And saved my life, saying "not you."

CXLVI

Poor soul, the centre of my sinful earth,
Pressed with these rebel powers that thee array,
Why dost thou pine within and suffer dearth,
Painting thy outward walls so costly gay?
Why so large cost, having so short a lease,
Dost thou upon thy fading mansion spend?
Shall worms, inheritors of this excess,
Eat up thy charge? Is this thy body's end?
Then soul, live thou upon thy servant's loss,
And let that pine to aggravate thy store.
Buy terms divine in selling hours of dross;
Within be fed, without be rich no more.
  So shalt thou feed on Death, that feeds on men,
  And Death once dead, there's no more dying then.

CXLVII

My love is as a fever, longing still
For that which longer nurseth the disease,
Feeding on that which doth preserve the ill,
The uncertain sickly appetite to please.
My reason, the physician to my love,
Angry that his prescriptions are not kept,
Hath left me, and I desperate now approve
Desire is death, which physic did except.
Past cure I am, now reason is past care,
And, frantic-mad with evermore unrest,
My thoughts and my discourse as madmen's are,
At random from the truth vainly expressed;
  For I have sworn thee fair, and thought thee bright,
  Who art as black as hell, as dark as night.

CXLVIII

O me, what eyes hath Love put in my head,
Which have no correspondence with true sight;
Or, if they have, where is my judgment fled,
That censures falsely what they see aright?
If that be fair whereon my false eyes dote,
What means the world to say it is not so?
If it be not, then love doth well denote
Love's eye is not so true as all men's: no.
How can it? O, how can Love's eye be true,
That is so vexed with watching and with tears?
No marvel then, though I mistake my view;
The sun itself sees not, till heaven clears.
  O cunning Love, with tears thou keep'st me blind,
  Lest eyes well-seeing thy foul faults should find.

CXLIX

Canst thou, O cruel, say I love thee not
When I against myself with thee partake?
Do I not think on thee when I forgot
Am of myself, all tyrant, for thy sake?
Who hateth thee that I do call my friend?
On whom frown'st thou that I do fawn upon?
Nay, if thou lour'st on me, do I not spend
Revenge upon myself with present moan?
What merit do I in my self respect
That is so proud thy service to despise,
When all my best doth worship thy defect,
Commanded by the motion of thine eyes?
    But, love, hate on, for now I know thy mind;
    Those that can see thou lov'st, and I am blind.

CL

O, from what power hast thou this powerful might
With insufficiency my heart to sway?
To make me give the lie to my true sight,
And swear that brightness doth not grace the day?
Whence hast thou this becoming of things ill,
That in the very refuse of thy deeds
There is such strength and warrantise of skill
That in my mind thy worst all best exceeds?
Who taught thee how to make me love thee more,
The more I hear and see just cause of hate?
O, though I love what others do abhor,
With others thou shouldst not abhor my state.
　If thy unworthiness raised love in me,
　More worthy I to be beloved of thee.

CLI

Love is too young to know what conscience is,
Yet who knows not conscience is born of love?
Then, gentle cheater, urge not my amiss,
Lest guilty of my faults thy sweet self prove.
For, thou betraying me, I do betray
My nobler part to my gross body's treason.
My soul doth tell my body that he may
Triumph in love; flesh stays no farther reason,
But, rising at thy name, doth point out thee
As his triumphant prize. Proud of this pride,
He is contented thy poor drudge to be,
To stand in thy affairs, fall by thy side.
    No want of conscience hold it that I call
    Her "love," for whose dear love I rise and fall.

CLII

In loving thee thou know'st I am forsworn,
But thou art twice forsworn, to me love swearing;
In act thy bed-vow broke, and new faith torn
In vowing new hate after new love bearing.
But why of two oaths' breach do I accuse thee
When I break twenty? I am perjured most,
For all my vows are oaths but to misuse thee,
And all my honest faith in thee is lost.
For I have sworn deep oaths of thy deep kindness,
Oaths of thy love, thy truth, thy constancy;
And, to enlighten thee, gave eyes to blindness,
Or made them swear against the thing they see.
　For I have sworn thee fair; more perjured I,
　To swear against the truth so foul a lie!

CLIII

Cupid laid by his brand and fell asleep.
A maid of Dian's this advantage found,
And his love-kindling fire did quickly steep
In a cold valley-fountain of that ground,
Which borrowed from this holy fire of Love
A dateless lively heat, still to endure,
And grew a seeting bath which yet men prove
Against strange maladies a sovereign cure.
But at my mistress' eye Love's brand new fired,
The boy for trial needs would touch my breast;
I, sick withal, the help of bath desired
And thither hied, a sad distempered guest,
    But found no cure, the bath for my help lies
    Where Cupid got new fire—my mistress' eyes.

CLIV

The little Love-god lying once asleep,
Laid by his side his heart-inflaming brand,
Whilst many nymphs that vowed chaste life to keep
Came tripping by; but in her maiden hand
The fairest votary took up that fire,
Which many legions of true hearts had warmed;
And so the general of hot desire
Was, sleeping, by a virgin hand disarmed.
This brand she quenched in a cool well by,
Which from Love's fire took heat perpetual,
Growing a bath and healthful remedy
For men diseased; but I, my mistress' thrall,
    Came there for cure and this by that I prove:
    Love's fire heats water, water cools not love.